V. ÓLEO DE
UN DÍA
CUALQUIERA

V. ÓLEO DE UN DÍA CUALQUIERA
SUSURROS VIAJEROS.

Tony Cantero Suárez

ÍNDICE

Prólogo: 13

En Arcoíris de cuentos mágicos… 19

Condados donde he vivido.. 24

La fabula del pececillo bohemio..................................... 26

Almas, despedidas, lagrimas: Bares, balcones y Aeropuertos........ 29

El Salón del Olvido. 32

Se pierde el tiempo. 34

¡Solo grito, trasnochada!.. 36

Señora Dama.. 38

Has como si estuviera muerto…...................................... 41

La Gitana de Barrio Arpas.. 43

Entreacto crapuloso. 46

Epitafios crédulos. 48

El Detective: Crimen de amor....................................... 50

Puto destino. 52

¿Cuba, te hablo, me escuchas? 54

¿Identidad apolítica? 56

La bandera no es bandana. 59

Mis tres tristes tigres (A Guillermo Cabrera Infante) 60

Enseñando lengua y pensamiento. 62

"En la lengua de Cantero" 64

La Luna sola. 66

La Dama de la noche…. 69

A cielo abierto y mojados… 71

La Blancanieves de sabanas 73

Consigo y la Distancia… 75

– ¡He perdido mi estructura!.. 77

El entierro del miedo.. 79

¡Me conozco y pienso a diario! 81

El indómito HESSEL. – (A la memoria de Stéphane Hessel.) 83

El Muro de los adversarios mundanos. 85

¡Ni Dios basta! 87

Igualdad con igualitarismos. 89

Lo que he visto, me conmueve…. 91

Ni sociedades, ni patrias. 94

La madre... 97

– ¡Al Rey de los Negros Buenos! 100

Candela y cuentos... 102

La muerte errática. 103

Ensueños y rostros quiméricos 104

Entre amigos. 106

Sheryl Omega.. 108

Cuando partes…. 110

La parisina... 112

Cenizas de hembra 114

Que escena cuento no vista. 116

Siempre hay motivos. 118

Maromeros y Cabecillas. 121

Pluma de Ciervo 123

Refrán retorico. 125

Doña Ninguna, Doña Nadie y Doña Nada 127

Intimidad enlutada 129

La ex novia aquella. 131

Lamentos de viejos fuegos... 133

Muda y desnuda. 134

Que pobre muchacha. 136

Tu ausencia 137

La solitaria. 139

Vuelve a mis venas… 141

Encuentros tórridos. 142

Contigo un tango 144

Epítetos 145

Amantes de retrato. 147

Primavera por Venecia. 149

Falsas promesas, respuestas desenfadas. 150

¡El falso techo del sexto sentido! 152

Navidad y Esperanzas no riman. 154

A media luz va la vida… 156

Embrujo único. 159

Pensamientos con concepto. 161

Hoy me siento en mi estructura. 164

La Diosa de las Existencialas. 166

Cuestionamiento existencialista universal 169

Dolencias. 171

Penas hondas 174

Y florece en la mañana. 177

Cerebral y terrenal. 179

Estampa erótica vivida. 181

¡Fumando! 184

La obra maestra es ella. 186

Piropo hirviente. 188

Recibiendo el alba a la ventana 190

El día del Sol. 192

Y aún destello. 194

En silencio. 196

Sin descanso, sin silla. 198

Oírte cantar. 200

Folleto literario publicitario. 1204

Dedicatoria:

– *¡A la vida, que es poca cosa; si no inspira la memoria!*

COLECCIÓN
Los Susurros de Cantero
Óleos Poéticos. ©

Prólogo:

– LA POESÍA EN LAS MANOS DE LOS DIO-SES ES UNA CELEBRACIÓN PARA EL ALMA.

La memoria es la base de cualquier civilización, su historia, sus recuerdos. Al comenzar a hojear este abanico de días, de días cualquiera, de un oleo cualquiera, me encuentro de bruces con la presencia de un dibujante de la palabra, de un luchador incansable de la palabra, de un verdadero poeta que esgrime la palabra como un arma en su defensa. Recoge paso a paso los dolores que da la naturaleza y los transforma en belleza plástica.

"Lunas llenas y aspirinas para alergias, la felicidad no tiene puerto ni gaveta. Barco a velas que navega sin tristezas; y que llega el día justo a puerta abierta. Luna llena que al horizonte ve piedras, desierto, ardor y mareas, juergas célicas. Y al Sol lo ve tras de ellas, se lee y se derrama como arterias sobre venas."

– Nos dice Cantero:

"Savia plantada en semillas en un jardín lleno de espinas, color, luz y soledad divina. Claroscuro y pesadillas tras las líneas, arena sílice y brizas presentidas."

Cantero se afirma a la vida se aferra al amor con la necesidad del naufrago, con el gozo que da el existir para transformar con el pincel de su pluma toda la amplitud de la que dispone en su paleta cerebral y terrenal, así al aferrarse se transforma en la nostalgia de un paraíso, de su infancia que boceta tenuemente en esa catarata de sensaciones, de motivos que se van haciendo cada vez más cercanos a lo largo del poemario.

"Ahora que estamos ya solos podemos mirarnos, ahora que el tiempo ha cambiado no puedes negarlo. Ahora que no estamos juntos podemos hablarnos, que lástima que todo ha cambiado y sin querer terminamos. Qué tanto que sé que te quise y me vi traicionado..."

Tony Cantero, no es un poeta advenedizo. No es poeta de un solo poema, ni de un solo poemario, su registro espiritual recorre tantos campos que se le compararía con varias generaciones de pintores de la palabra que han existido.

Este poeta de gran madurez en sus resoluciones de una gran ternura a veces, acariciando otras la más dura de las realidades nos revela en su voz una gran inspiración y un vuelo intelectual constantes tratando que su obra nos resulte amena, fresca, y fuertemente cohesionada. La visión cósmica en la que profundiza y que se va enriqueciendo progresivamente a través de lo dilatado y diacrónico del eje de su escritura nos presenta una larga , fecunda, lograda trayectoria poética que avala , la profesionalidad, la intensidad emocional que transmite a quien comparte con el cada uno de los colores de su pintura en la palabra.

Gusta de viajar por multitud de estadios, miles de escenarios donde cuestiona, se interroga sobre miles de cosas naturales, la luna , los colores del arcoíris, también ridiculiza la esencia de la razón empírica pues para el autor, hay tantas razones, como seres humanos, tantas leyes como latidos de un corazón, tantos corazones como sensaciones puede dar la visión de todo el texto de este gran oleo que impregna, contamina y asevera como decía Hölderlin cuando hablaba, que lo único que "permanece los poetas lo fundan" el tiene la potestad de como cualquier creador, crear planetas, continentes, países, tribus, valles donde dejarnos aletargados en espera del desarrollo de su próximo pensamiento…

"Un lugar negro infinito donde se resigna lo lindo y lo feo se da título. Donde los tragos amargos se beben en vasos vacios, donde hay alcohol y delirios, mentiras, palos y tiros; y un abismo lleno de vicios malignos y de sentidos perdidos."

Poeta de esencias, de ese linaje de poetas puros y profundos que saben penetrar en la esencia de lo real y darnos un aldabonazo al descubrir el ser prístino y la misma esencia de la vida, así la metafísica en algunos pasajes de este libro me han recordado a Novalis o Rilque metafísicos de nuestra tradición occidental.

Este autor es a veces también irónico, sutil y así se despliega casi constantemente con una nihilidad del ser y una escéptica intención en sus sentencias, decires, o aforismos.

– ¿Díganme qué piensan sobre esta estampa onírica y ecléctica?; lirica y en tempo de rimas que deliran...

"¿Qué creen sobre la realidad frenética del día a día y sobre sus ironías ridículas? ¿Les pregunto, si alguien aspira a otra razón más lógica y empírica, que no sea la de vivir la vida con tranquilidad y alegrías? ¿Les pregunto si alguien piensa a tirar piedras mientras respira y explica una medida?"

Preguntas que el poeta sabe de sobra que no se las van a responder, porque hacerlo sería comprometerse y llegar a un dialogo absurdo, pues cada ser tiene sus propias respuestas a tales preguntas.

Tales de Mileto, Anaximandro, Anaxímenes, Parménides, Empédocles y hasta Heráclito, quedarían absortos y sin respuesta. Pues estos filósofos nunca han encontrado respuestas a las preguntas más nimias, más naturales y menos filosóficas. No por no ser, sino porque lo más pequeño que en si es lo más grande, no tiene cabida en cabeza que no haya sido tocada por los Dioses.

Los textos de las cuestiones que el poeta dirime y expone son luminosos y llenos de originalidad, con una musicalidad ascensional utilizando A veces el psiquismo de Gastón Barchelard evocando, lunas, alas, vuelos, aves, sol. Azul y siempre la luz, luz que nos trae en sus manos y nos la entrega en una paleta de colores obligándonos a seguir pintando con él y junto a él nuevas palabras, nuevas ideas, en comunión con la palabra y el alma del poeta.

Tony Cantero es sin duda alguna un ideólogo-científico de la vida de las almas, de su propia alma que solo la libera mediante la lucha interna que mantiene con las pragmáticas e industrializadas sociedades presas y el preso de la objetivación pública, esa que decide cuándo, cómo y que se ha de pensar y decir. Él lo humaniza y nos lo da de la forma que el pintor, o el poeta debe de entregar, bellamente, sensibilizado porque esa es la misión de los creadores. Crear belleza para el engrandecimiento de las almas.

– ¿Quizá una nueva forma de dar esperanza, sentido por las cosas… ¡Es posible…!

CHEMA MUÑOZ.
Cantautor & Poeta.

Santa Cruz de Tenerife, a 22 días de octubre del 2013.

- Después de una noche en vela navegando sin fronteras, ilu-
minando al horizonte con sus letras desde el borde de una me-
sa inquieta; la almohada abrita leyendas que los poetas no
cuentan.

– Y pueden brillar por su ausencia las riquezas y quimeras,
pues almas de memorias viejas, la felicidad les recuerdan; y
eternizan su presencia en cada letras.

– Y como en páginas de poemarios, los sueños rondan sus
cabezas.

(Extraído de "Sin descanso, sin silla... Pág. 198)

En Arcoíris de cuentos mágicos...

La verdadera pregunta se la respondió la Luna misma al filo de una madrugada oculta entre las brumas: ¿Por qué en las noches oscuras los cometas se deslizan en la soledad de sus dudas? ¿Por qué las estrellas mudas se iluminan en la vía pintando en blanco sus puntas? ¿Y por qué sola y desnuda el Sol me deja en mi alcoba abierta a un universo en penumbras?; confundida, como si fuera una niña que implora tiernas caricias. Y yo me quedo aburrida y encendida como vela en mis memorias; y vago sola, buscando entre huecos bocas.

- Me voy de juerga; y bailo a solas, pensando ausente y olvidada en una epístola morbosa inspiradora.

¿La ha respondido ella misma, o yo lo he escrito a media tinta, firmando rencillas malévolas y negativas?

¿Díganme qué piensan sobre esta estampa onírica y ecléctica?; lirica y en tempo de rimas que deliran…

¿Qué creen sobre la realidad frenética del día a día y sobre sus ironías ridículas? ¿Les pregunto, si alguien aspira a otra razón más lógica y empírica, que no sea la de vivir la vida con tranquilidad y alegrías? ¿Les pregunto si alguien piensa a tirar piedras mientras respira y explica una medida? La luna se vertió en tinta, se separó de su guía y ya hasta perdió la sonrisa. Y ahora responde indecisa y alega que el Sol la olvida; nerviosa, celosa y cínica. Y tembloroso el lagrimal le marca sus mejillas andariegas; y fatigada se acerca al fuego y lo atiza enloquecida.

Se asume a solas como lo haría una biblia vieja en presencia del Dios de las prosas sórdidas. Alza su copa vacía de comedia, sin demoras, casi arrítmica. La pieza comienza cuando el poniente termina, dulce de azul, a flor de brisas divinas y golosas. Temor y adiós, ronquidos, cortinas, colas. Termina el acto en las ruinas de sus glorias, enferma, pérfida, impropia; pues gravita como una nave cósmica. Y luego el alba la aniquila en sus corrientes fortuitas, violetas llegan las sonrisas y el rocío humedece las esquinas; y la mañana sabe a maravillas infinitas.

Lunas llenas y aspirinas para alergias, la felicidad no tiene puerto ni gaveta. Barco a velas que navega sin tristezas; y que llega el día justo a puerta abierta. Luna llena que al horizonte ve piedras, desierto, ardor y mareas, juergas célicas. Y al Sol lo ve tras de ellas, se lee y se derrama como arterias sobre venas. Lo siente dentro del hueco donde llega, oculto en rayos viajeros y en trueno legado eléctrico. Lo huele y se pone a verse cual si fuese un cuento a ciegas. Delante de ella y acuesta, encima, abajo y se aleja a manos secas…

- Antes de que el alba la oscurezca en otras tierras.

– ¡El Sol la sigue y ella se apega a sus caderas; y el siempre la deja sedienta, pero nunca en primaveras!

Pero nunca en primavera después de una lluvia fresca, porque con nubes se acuesta; y de arcoíris las preña. Pero nunca en primaveras pues son bellas como hembras: Y cuando estas son cruentas, las gotas del alma nos gobiernan la existencia y las tormentas nos pliegan. ¡Porque con nubes se acuesta y de arcoíris las preña! Y a vendavales de cuentos los poetas traen sus ritos en colmenas. Crean la pradera de fiestas, quemando al fuego amor viejo…

– *"Porque con musas se encuentran; y al mundo vuelven placenta de legendarias quimeras."*

Llenan de ruido el infierno y hacen tributo a los buenos, a los cortos que no vieron al diablo llegar al pueblo e incendiarle sus senderos. Pintan un Edén revuelto con sus ritos en cemento y caramelo, florecidos sobre hierba en ricos besos, con frases llenas de intenso y bien sincero. Y nos plantan los canteros de Milsueños, susurrando a un firmamento en blanco y negro. Nos desmayan, nos extasían y embelesan; y nos describen un cielo abierto a un sueño nuevo. Y nos exigen el ser, del ser el ser bueno; pues ellos juzgan por gestos y por actos duraderos.

Porque en la ilimitada soledad de lo incierto, ellos se encierran soñolientos a construir un cuento eterno. Y dilucidan acción y verbo, poniendo al sujeto en pretérito; y predicando los objetivos que le oyeron. Pues se encierran como barcos de madera en las tinieblas. Y al volver la cara a tierra siempre ven lo que se esperan, pero los poetas nunca condenan a críticas y penas cruentas, ni cuentan historias feas. Porque los poetas son la esencia de lo que corre por nuestras venas; son la sangre rojo azul que nos alienta, de verde y naranja corteza.

Y de la compleja imperfección de la regla excéntrica, existencial y placentera, solo los poetas tienen consciencia. Ya que mejor que ellos nadie piensa, porque los poetas son la Estrella que al Sol vuela; cuando la luna se acuesta, ilusionada en la espera de que un nuevo ciclo vuelva.

Porque Milcuentos nos siembran por campos de amarillo y fresas. Porque el poeta es la fuente que nos vierte en primaveras, en Arcoíris de cuentos mágicos y de poemas que hasta el cielo ven rosado. En torbellinos de pieles y en cuerpos dulces imberbes que nos demuestran cómo quieren. Riegan las mañanas tensas y las convierten en moléculas de cera. Y cuando se les premia por héroes, los poetas se prefieren mentes inteligentes. ¿Quién ha dicho que los libres tienen jefes, Presidente? ¿Quién lo ha visto y quién lo entiende?

- Pienso que nadie lo quiere…;y por eso los poetan no duermen mientras pasan lunas y soles por sus mentes.

Al que me lea, si me entiende, que recuerde que la gente es diferente. Y todo aquel que se exprese porque debe, que ponga orden en su presente buscando un futuro para bienes; ¡si es que contrarios no advierte!

- ¿Quién ha dicho que los libres tienen jefes?

Recuerdo al Sol alto y fuerte que en primaveras se pierde entre las nubes perennes. Que se aclimata y se yergue ante la soledad que le ofrece el Reino de la Oscuridad y su plebe. La noche tiene de duendes con muchos destinos tenues. La noche siente lo inerte y lo inconsciente. La bella noche silente, tierra, tintero y mil jueces. Versos bohemios y amor que siente, justo los buenos. Porque los poetas no son genios, ni profetas, ni videntes. Los poetas solo son seres inteligentes, vivos y despiertos; y no sujetos del Reino que le hicieron.

- Y en arcoíris mil veces, nos colorean las sienes, con sus versos que germinan en quienes los entienden.

Condados donde he vivido.

Mil Infiernos le llamaban a aquel lugar todo negro donde la soledad imperaba, la frialdad daba gritos en un abismo infinito donde solo se escuchaban ruidos. Los huesos de pies partidos, los cráneos rotos, los nervios tensos, las venas hirviendo en ritos y el corazón repartido en un dolor por caprichos; mis entrañas las he visto adolorido.

- ¡Mil Infiernos se llamaba; y ya antes lo había dicho!

Y sin embargo aún escribo y sigo vivo recorriendo pueblos que no olvido, ya que todos cuentan un verso nuevo. Todos son distintos, hasta el mío, el vuestro, el de ellos, el suyo y hasta el Condado de los Lúdicos. Todos son un libro abierto a un sueño brujo, todos son el público monopólico que de eternidad hace el mundo con su egocéntrico orgullo.

Yo he vivido en Conglomerados humanos no caducos, también he leído sobre algunos. Y a otros tantos aunque aún no los he visitado, sí que observo si hay barullo en el conjunto de sus surcos. El Globo es grande y convulso, tiene colores, calores y fríos; arena, piedra y tumultos. Y yo solo soy un bohemio viejo andariego y trotamundos…

– ¡Aventurero e intruso; y como los poetas, lúdico y pulcro!

- Que no le tiene miedo a lo oculto de lo oscuro; porque soy libre y no absoluto, porque soy justo y no juzgo, ni utilizo…

Real Tragedia lo llamaban sus vecinos, al Condado donde el Sol salía encendiendo truenos burdos. El fuego se les quedó encendido en el Crematorio, los Ángeles ponían tributos en el Manicomio; y una andanada de locos por los caminos divagaban, buscando tiempos sin rumbo. Porque cedido el cariño, se encuentra al diablo enfurecido en todo sitio.

- ¡Real Tragedia, les confirmo, ya ha vivido historia y luto!

Y otros muchos que no nombro los he visto en noticieros, pues me he mudado para un pueblo donde hay proyectos plantados de sueños únicos para versos de maestro. Y no catalogo los míos de bellos, ni de buenos, no soy de esos y no busco premios ni atributos cultos. Porque escribo para vivos y para los seres cuerdos de este mundo donde existo.

Yo me inspiro para esos que nunca pierden el tiempo con enredos, porque quieren vivir viejos y morirse de contentos, tiernos y ebrios. Para ellos digo esto y juro aquello. Y a los demás les reitero que los veo y los recuerdo, por eso mis ideas llevan verbos; porque nunca me he bloqueado en un in tento. Y a quien me lee lo respeto y lo concierto...

- Y a quien no me lee yo lo leo y lo consiento con mis abrazos y besos, yo no soy Dios yo soy un sujeto hecho y derecho.

—¡Bellos cuentos los llamaban y aun los describo viviéndolos!

La fabula del pececillo bohemio.

Lo vi llorando en silencio justo a la orilla de un rio, llegó del mar hace tiempo, tomó un camino perdido. Zarpó bajo barcos viejos y se hundió allá en puerto lamentos, surcó mareas y vientos y olas de sufrimientos ternos; nadó, remó y quedó ciego.

- Y mendigó hasta el exceso por el amor de una pececilla en celos; que no encontró ni en mis versos.

– ¡Lo vi llorando en silencio; y lo ayudé con su anzuelo!

Tenía en los ojos luceros grandes como dos soles tercos. Y por sus escamas el pretérito se entramaba en desconsuelo y en sueños viejos no hechos. La boca abierta y hambriento, lo vi tirado en el suelo; y le ayudé con su anzuelo, al pobre pececillo bohemio…

Y me lo llevé corriendo con la intención de comérmelo, de hacer con él la receta de una cena a velas puestas, de servirlo a mesa llena ornada de perlas frescas, con vino tinto y galletas. Y él me grito enfurecido desde el fondo del cardero y aderezado en su abismo…

- Olía a salsa de bonito y a tomate en agua hirviendo:

– ¿Qué me haces compañero? ¡Lo que te conté es en serio!

Soy sincero cuando te digo que enfermé de amor eterno y de sentimientos alérgicos. De deseos de besos buenos y de paseos coralinos con ella al lado nadando, sonriendo a nuestros hijos pececitos; por eso vine de mar adentro, a buscarla por los ríos.

Para que sepa que he vuelto como los amantes bohemios, porque Cupido en un sueño, me flechó y le dejó un hueco a mi corazón velero. La busqué entre barcos viejos por los piratas hundidos; y del Egeo al mar Negro, me inundé por todos sitios.

- ¡Versé lágrimas al Nilo como hasta hoy no ha llovido; y pasé frio en una laguna al borde del Amazonas!

Y que por las mareas y a nervios mi espinazo sufrió anzuelos y sufrimientos, porque nunca más volví a verla, ni en un cuento con tus versos. Y porque sus besos me huyeron; ya no sirvo para cenas compañero. Yo estoy duro como un hueso y mi masa sabe a viseras de perro.

Me puse viejo corriendo detrás del amor eterno; y no la vi ni en tus versos, viví un letargo en destierro. La busqué por universos sumergido donde no encontré remedios que curaran sentimientos cruentos y heridas en sentido opuesto. Quise su amor cuerpo a cuerpo y solo me fundí en el hielo bajo tormentos y témpanos; yo no sirvo para cenas, pues no alimento cerebros.

- ¡Lo que ves es lo que queda de mis fuegos!

Pues no la vi ni en tus versos compañero, ni en el caldero en el que hierven mis espinas afiladas y mi pecho. Ni a las orillas del rio donde encontraste mis restos. Yo no sirvo para cenas compañero, pues mi masa sabe a nervios enfermos del pensamiento.

Me puse viejo nadando detrás de una pececilla en celos; y no la vi ni en tus versos, ni el destierro que te cuento. Ni en el caldero en que hiervo donde en tu salsa me quemo. Yo no sirvo para cenas compañero; convéncete pues te hablo en serio.

Y no miento, si me sacas del caldero partiré lejos. Devuélveme de nuevo al agua y luego observa en silencio como volveré a buscarla; ya que no está ni en tus versos ni en el infierno en que hiervo. Y si me liberas prometo de revelarte el secreto de los amores eternos; de esos que se mueren viejos.

− Y lo liberé corriendo, lo saqué de aquel caldero que parecía un cementerio. Y medio quemado y reseco me dijo: Los sentimientos buenos, no mueren ni aunque pase el tiempo. Pues como vez, yo aún no me he muerto; y no la encontré ni en tus versos.

Almas, despedidas, lagrimas: Bares, balcones y Aeropuertos.

Se levantó de la cama donde esperaba el momento, dio dos saltos, miró al cielo; vistió velo y cuello suelto, tan sobria como un verso ecléctico que se enreda por el suelo y se hace cuento. Pues para más no había tiempo, ella en silencio lloraba, sus tormentos de amor ciego… Ella lloraba en silencio, amargada en sus entrañas comitragicas; y se le veía destrozadas y sin consuelo.

- Pero tuvo una llamada, que la sacó de su encierro y sufrimiento, de sus adentros muriendo en el destierro por allá por Diván Pérfido; que burdo lugar que cuento. Y solo vi que ella lloraba sin remedio, mientras yo el juego observaba. Sentado del lado opuesto de sus sueños. ¡Con espejuelos de aumento y pensamientos con sabia mágica llenos del amor que siento!

- Se puso sandalias, pañuelo; y corrió al balcón de su casa. Se fue a mirar por la ventana que queda del costado de la plaza. Donde me bebí unas cañas, contando canas pasadas; y otras que el viento no cambia, porque no las olvidamos ni cortándolas.
A la ventana, a puro nervios se fue ella. Al balcón donde un avión se acerca, lo ve volando y presagia que alguien llega. Se fue a su espacio de escena, al rincón de sus leyendas polvorientas, que está del lado bohemio por donde las luces vuelan.

- Y las velas funden ebrias, cuando unos besos reflejan sus labios bailando con la melodiosa orquesta de la plaza...

Esta vez del aeropuerto un hombre llega, su muerto corazón lleno de celos, el mosquetero malévolo que le ha marchitado el sueño. El amante que a su pueblo viene a verla si le place, el mismo chulo que la llama cuando sabe; que el sol trae olor a sangre...

- Y que puede perderla en un delis por sus escapes.

- ¡La vi de lejos; y a él llegando en el taxi que lo trajo!

Los vi sonriendo, los dos perplejos, los vi en un verso; y hoy los recuerdo fotogénicos. Lo vi corriendo, violín al pecho por la plaza hacía el balcón, de frente al ático. La vi colmada en la ventana de sus mitos, de esclava usada, de rol de sabanas mojadas pero acidas.

La vi pararse allá arriba con la mano en sus entrañas; y gritar basta, desde el fondo de su alma desgastada. Te quiero cielo estrellado, con tus cometas y encantos, te sueño amor recordando, los momentos del pasado; pero me quedo extrañándote, pues nunca estás a mi lado. Y lloro tanto pensándote, que cuando te veo llegando, el dolor ya me ha pasado y me distraen tus cantos.

- Y entre tus brazos me atraes, a tu colmena de zángano agotado. ¿Pero qué esperas que pase, si nunca estás a mi lado?

¡No esperarás que te extrañe, si tú no te has reportado por mis lares! No esperarás que yo cambie para a cambio seguir jugando, con mis años y mis plazos…

Mira atrás a la terraza, que ya me espera un Don Nadie, el me trae de las fiestas y se place pues yo soy su nueva imagen. Yo soy su musa y su arte; yo soy las frases que escapen, después de un llanto salvaje. Y ahora soy fiel aspirante; a un día a día de clases, inspirándole…

Y tiró su velo al cuello y caminó como el Ángel de los Truenos y el Despecho, vino desnuda y a darse en un poema argumentos. Vino descalza y en fuego a los brazos de su amante nuevo. Un jovenzuelo discreto, que la esperaba flamante sentado donde yo observo…

- Bebiendo un trago a su clase, en el mismo bar del centro, donde me voy cuando partes a otros predios.

El Salón del Olvido.

- En el salón del olvido no venden postales, se dan las cartas abiertas, vacías y sin letras; y un retrato sin presencia corona con melancolía la escena, que llena de espectros se aterra. Y negras las sombras viajeras se esfuman bajo la niebla y las tormentas pasajeras.

– Y como hierba seca se queman en la ausencia, por una pradera árida donde se fertiliza con penas…

 Y las nostalgias y el frio se apuran como lenguas sedientas, a beber agua de ríos que secan con calma y revueltas. Si el cielo es grande la ausencia es tétrica; y las ojeras impacientes entierran al lagrimal entre cejas y torpes narinas huecas, casi siempre gélidas.

- En el salón del olvido el otoño se hace un libro que para leerlo hacen falta filtros oculares. Sus frases saben a partes que enfrían almohadas con ritos, los versos no dicen nada ni aman a nadie en concreto; y los besos pierden sus aires y oxigeno frente al espejo.

 Y las memorias pasadas se mueren de pena en castigo; y los gemidos de otrora devienen llantos sumisos. Y los pensares precisos se hunden en un barco viejo que navega mar adentro a donde los tiburones son fieros y los hipocampos traviesos.

– Se juzgan lechos desechos; y se burlan de los sentimientos buenos, con razón adoloridos…

- Y un portón da al Bar del Piso:

 Un lugar negro infinito donde se resigna lo lindo y lo feo se da título. Donde los tragos amargos se beben en vasos vacios, donde hay alcohol y delirios, mentiras, palos y tiros; y un abismo lleno de vicios malignos y de sentidos perdidos.

- Que hacen olvidar que un día existimos al unísono.

 Como el mensaje que hay escrito sobre la puerta trasera, un nunca vuelvas pues no hay sitios para los corazones venci-dos. Si de ti ya no se acuerda, no la busques, que es ajena; y a esta hora anda de juergas, con botellas y melenas polvorien-tas.

 Si a ti el olvido te aqueja, cierra los ojos y sueña con candor tu vida nueva. Mira hacia arriba y no temas que si es verdad que hay estrellas, las tuya bajarán frenéticas para darte amor a ciegas; y dile adiós, que no vuelvan más las noches negras.

- Pues frente al Salón del Olvido, la vida vuelve a ser bella.

Se pierde el tiempo.

- Se pierde el tiempo...

Frente a unos labios que nunca digan te quiero, sintiendo celos que despeinen sentimientos, se pierde el tiempo, juzgando al necio que no ha querido ser bueno; y mató al beso a puñaladas por el pecho.

– ¡Se pierde el tiempo!

Se acabó el vino y las uvas no florecieron, los días lindos del pasado no volvieron, la chimenea ardió apagada el frio invierno, tu bello cuerpo de soneto perdió el libro; y en el recuerdo solo quedó que vivimos, quemando el leño y resfriándonos dormidos.

- Se perdió el tiempo, quemando el sueños y olvidando lo sentido...

– ¡Y hoy no te tengo, cariño mío; vuelvo a decirlo!

Sales los viernes como cuentan los amigos, yo solo a cambio me revuelco por el suelo, como estás lejos solo me emborracho el sábado; y el trago amargo me lo siento aún el domingo.

Hoy tus vestidos me retienen por un rato, sigo soñando que tu no me has olvidado, pero ni en signos tu responden al llamado; veo tus desnudos y ante otros modelando.

- Me has olvidado y yo extrañándote; y el llanto amargo es un reclamo…

Pido tus besos y tú pecho para amarlos, pido a mis dedos que este versos sea un milagro; que digas vuelvo pues ya lo he reflexionado, contigo el viento da a mi vela alas de barco…

Y navegamos por un sueño imaginado, surcando el cielo, labio con labio. Contigo el suelo me recibe acalorado, revuelo en verbos sobre pétalos mojados; y en ti me baño en un relato.

Se perdió el tiempo y te pido recuperarlo; y renovarle los pedazos ya gastados. Se perdió el tiempo pero a cambio yo aún te sigo enamorado; pienso callado y grito alto que te amo…

– ¡Y pierdo el tiempo, pues no puedes escucharlo!

¡Solo grito, trasnochada!

Se le está yendo la sabia a quien nunca le faltaba, se le está acabando el magma a mi volcán que incendiaba a las montañas más altas. A mi paciencia flemática que siempre esperó el mañana vuelta estatua. Y el pasado se me escapa con obsesiones rimadas; y el presente solo acaba al enterrarlas…

Despierto al alba borracha y se me van las mañanas tras un sinfín de añoranzas. Las tardes en menta embriagada sobre el sofá de la sala, pasan sin que me lleguen cartas; y tampoco nadie me llama. Y las noches si las cuento, el tiempo es plagia, como horas que al contarlas legan entrañas varadas.

- Por mi túnel anda a solas y alocada quien me escapa.

Lejos vaga mi razón distorsionada; y el olvido no termina por borrarla. Penas, dolor, rocío de flor, raras palabras; crema de nata fermentando en su melaza. La incomprensión, la decepción, la estampa lánguida. La lengua amarga en tentación friega su salsa; y entre dientes salta atada, envuelta en agua.

- ¿Qué le queda a un corazón que el amor mata?

- ¡Solo gritos de pavor y una garganta! Y a solas sigo, tentando lágrimas… ¿Qué me queda si al adiós no vi su cara?

Muerta en vida miro atrás y veo palabras, me ha sudado el interior en vasos de alma. Se me ha ido quien amaba y me hace falta; y ya no puedo contener más mis desgracias. Ya no entiendo por qué el pecho no me sana, si el desprecio brota a chorros por mi cara, sobre cañadas de pestañas...

– ¿Qué le queda a un corazón que el amor mata?

- ¡Solo gritos de pavor y una garganta!

- Pero no me resigno y persisto; y solo grito, hasta que acabe esta racha trasnochada.

Señora Dama.

Varada detrás de ella vive su vida atrapada en el pasado, su misma cabellera larga llena de gracias dorada, sus ojos verdes mañanas con su manantial de lagrimas, su pecho grandes delirios que otras bocas se comieron; y sus cadera aceitadas en olivo, sueltas en ramas al viento.

Y sus labios rojo tinto como vino, hechos de miel y esmeraldas talladas como las prenda de reinas, también los tiene en su cara el fantasma de su hembra. Es toda ella en otros tiempos observándola, esfumada en su destino de modelo de los sentimientos que sentimos sin tenerlos.

Viva ella como manda, en el reflejo del hada que le habla cara a cara. Que le pregunta mirándola por qué la ha dejado atada en la distancia, sueltas las piernas, las manos blandas, la espalda a secas y la cara toda sudada, sola entre muros, borracha y olvidada, despreciándola.

¿Por qué en ella ya no piensa cuando se levanta? ¿Por qué si murmuran calla y pasa el día acostada y entre sabanas? ¿Por qué si de amor le hablan?; ¡responde siempre acabada! ¿Por qué su mirada cándida ya no destella el incienso de sus fecundas entrañas…?

- ¿Y por qué? Si el mundo le da esperanzas como agua, en vez de tomarlas, se inmola retorcida sobre llamas…

- Señora Dama, vuestra eternidad sonrojada le acompaña.

De bardos, ramos, guitarras y de letras que la calquen placida, vivirá regocijada. Desnuda sobre una butaca se contornará erotizada cuando le cante una nana, sobre pentagramas clásica su melodía se oirá alta; y en la radio de la casa, si la sintoniza al alba ya roseada.

- Escuchará mi voz, que le hablará acalorada desde la ventana, como un trino de cigarra hecho palabras.

- Señora, Dama, detrás de usted vuela un hada que le ha traído su varita cárnica. Ella siempre la acompaña y el pensamiento le abarca a boconadas. La sigue, la persigue y le da palmas si vuestra llegada atrasa; y la escolta, si de ronda, alguien le roba la mirada.

- Señora Dama, se le impone un cara a cara con su alma, con el Hada que angustiada la reclama en la distancia, con la falda que perdió en la madrugada, con el beso que me dio y que ahora rechaza. Con su todo, con su nada; y con vuestra alcoba que calla.

Como el humo que partió de un campo en llamas, cuando el Fénix en cenizas liberó sus alas lánguidas, e incineró las pasmadas. Como barca que navega ya mareada avistando un horizonte en calma; y al poniente por un beso, llega a puerto y suelta ancla.

- Señora, Dama, se le impone la ilusión sin más desgracias, diga algo por favor pues hace falta.

Si callada su expresión siente que alaga, reviva la estampa que en su alcoba disfrutó, llena de bardos que cantaron a la Venus Angustiada, de ramos de rosas blancas que florecían al mirarlas; y de guitarras y versos que susurraban candor…

- Que al adiós envuelta en sabanas reflejaron la velada, con los sueños que inspiraron su razón…

– Señora Dama, vuestra alma la convoca al corazón.

Has como si estuviera muerto...

Ahora que estamos ya solos podemos mirarnos, ahora que el tiempo ha cambiado no puedes negarlo. Ahora que no estamos juntos podemos hablarnos, que lástima que todo ha cambiado y sin querer terminamos. Qué tanto que sé que te quise y me vi traicionado...

Entiende que todo ha acabado y ahora soy difunto, olvida el futuro dejado y recuerda el pasado. Dite que viuda has quedado a implorar tus lamentos, que yo no soy tu pecado y que tú eres mi infierno; y piensa al frio que dejaste, cuando me quitaste el fuego...

Cuenta los versos plasmados sobre un papel viejo, deja la tinta en el suelo y ponte a leerlos; y entiende que me has matado y que por eso no vuelvo. Mi camino contigo ha quedado a las afueras del pueblo, no me busques ni en cementerios; ni en cantos, ni en cuentos...

- No me busques porque me has matado y me enterraron corriendo...

- Dite que el juego fallaste sin haber marcado los puntos necesarios, cuenta que quedó cerrado y acepta que erraste; y que tu marcador fue nulo por no haberlo calculado. Que un gran amor vale más que vivir separados; y que ni razón ya tienes para consolarnos.

- Ya no me causes más daños. Que ya no puedo pensarte y no debemos pensarnos; que nunca más podré amarte, ni vamos a amarnos.

- Dite que el fuego ha enfriado y que tú leña ya no arde, dite que no tengo sangre y que mi corazón no late, dite que a un muerto que hable hay intentar acallarlo. Dite que otro sueño ha empezado porque volví a enamorarme; y acepta que en el amor no valen los sacrificios en vano.

Cuenta las cosas que dije esperando enseñarte, toca tus manos que arden quemadas con naipes, dite que nunca hubo nadie que supiera amarte; y recuerda el desastre que armaste desarmando nuestros planes. Y dite bien que te negaste a ayudarme, justo cuando me faltaba el aire…

Comprende que si no me ahogaste fue porque aún me quedaba oxígeno para respirar despacio. Porque me dejaste atado en una esquina del cuarto donde no podía escaparme. Y allí en la cruz me clavaste; y me encerraste donde nadie pudiera encontrarme, ni así mirara al calvario…

- Dite que el fuego ha enfriado y que tú leña ya no arde, dite que no tengo sangre y que mi corazón no late, dite que a un muerto que hable hay que intentar acallarlo. Dite que otro sueño ha empezado porque volví a enamorarme; y acepta que en el amor no valen los sacrificios en vano.

- Y has como si estuviera muerto y llora a cantaros.

La Gitana de Barrio Arpas.

 Si algún día pasas por Barrio Arpas y sus ritmos te dan ganas, vete a las rumbas de salón que hay en sus salas. Entra en las casas donde los bardos rasguen sus guitarras afinándolas; y se desangren al tocar las ya afinadas. Donde repiquen tambores y toquen vacías las cajas. Y busca siempre al interior una gitana, la que más cante y no dé nunca notas bajas; la flor de enjambre.

- Y al sol de claves, la que más baile, desnuda, placida y con arte. Con una rosa entallada por su cara, cabellos sueltos, argollas, pulsos y collares; azul bandana y gracia por todas sus partes…

- Llámala, convénsela, atrápala y llévatela a una terraza, cuéntale lo que te dé la gana y no le digas que fui yo quien te incitó a que las encontraras. Dile que faldas hay tantas deseando verse amadas por tus ganas siempre ávidas, pero que ella quien tiene la garganta de cigarra que incita a madrugadas mágicas. Y la silueta que enmudece cuando baila, ondulando sus nostalgias sobre tablas.

 Pues solo se escuchan palmadas calando aplausos de entrañas cuando termina su danza; y a solas besos le manda a las butacas. Dile que es ella la maga, la maja cuerda de arpa, la buena y media manzana, la estrella de la vía láctea; y el pas de deux que desarma los cuerpos de almas cansadas. La que nadie llama mala aunque haya tantas, la de los labios piratas…

- La que sabe que al mirar la sala calla, pues solo ella la encanta, si a capela y pulso lanza un no te vayas; ¡que aún tengo ganas! - Por nada, en balde, pues todos la ojean sin tocar lo que más vale; y todos parten, sin saber que bajo el traje vive un alma de romances…

Y en bolero se hace aguas infectadas, pues las cañadas de lágrimas brotan raudas por su tierna cara orgásmica. Y van a marchitarse en la calle, frente corazones con hambre que anden buscando la carne de sus botones de altares. Para hornearla en los pajares de su enjambre, enchumbada en miel de abeja que se lame; para en sangre desafiar a quien no la gane.

– Cuando ella misma pidió amarle, antes de rendir sus carruajes.

Y luego vuelve a su sala, al teatro de esta estampa donde baila, al mesón donde el azul tiñe el encaje, a la escena donde canta aun no te canses, al Olimpo en el Panteón de los cobardes, de los hombres que la halagan y luego escapan sin darle. Y dile, que si ella acepta tus planes, le describirás en detalles la pieza donde tu voz la aclames, viéndola volar a sus aires y sangrándote.

Y cántale para que te baile hasta que acabes; y hasta que no pare no ceses de inspirarte. Enséñale lo que extrae un bardo errante, las melodías que hablen con los besos que se callen;

y déjala mostrarse si te trae, un corazón que ante tu pecho la delate. Y toca tambores y claves, quema botones de carne, haz que vuele en tu tintero y suéltala en versos que la atrapen…

- Y recuerda que al bailar calla la sala y que a solas ella la encanta; si a capela y pulso lanza un no te vayas sin palabras…

 E inspírale un quiero amarte y déjate amar a sus anchas, bésala junto a la ventana, que todos vean de la calle que tú has venido a mimarla. Y si gritan que ganaste, diles que Reinas hay tantas, que basta con coronarles sus corolas ahuecadas. Y cántale para que te baile hasta que acabes; y aunque que te gima no ceses de contarla…

-    Y tócala para que te baile y cántale esta tonada:

"Por tus caderas gitanas, la rumba vive a sus anchas. La belleza se derrama acalorada; y las lujurias dan alas a las mariposas blancas, que en tu jardín brotan sin faldas, para no tener que desnudarse ya podadas. Tus cabellos por la plaza destrenzas tras campanadas; y a las melodías amargas, las perviertes y emborrachas con palmadas…"

– ¡Y besas y besas y besas, si tus labios lo reclaman!

- Pues los amores de marras bailan con ella a distancia, como este servidor de sala, que la narra con su arpa ya afinada.

Entreacto crapuloso.

Ya me tienes que no puedo más y el cansancio me vence, tú me mueves por todo lugar que el espacio te deje, me describes, me dices, me das, me quitas y pierdes. Me revives de un paso hacia atrás y adelante me late hasta el vientre. Ya me tienes, soy tu juguete; no te impacientes… - Y…; para ya, para ya, para ya por un rato y ven duérmete.

Pon tu almohada aquí al lado de mí y sobre mi pecho siéntete, que si éxito me voy a morir entre tus brazos pudientes. Date un tiempo y descansa de mí y si quieres luego vuelve, pero detente ya, que a veces duele. Piensa al cielo y abrázate a mí y en mis calores ríndete… - ¡No te inspires, no me agites! – Para ya, para ya, para ya, que tu ardor me derrite…

Acurrúcate contra mi cuerpo, respira hondo que sienta tú aliento; y apriétame fuerte, mientras te duermes. Cierra los ojos; y solo siénteme. Cómo lato y si un beso me das se dilata el presente; y vuelvo a verme, de flor en mieles, pues tus manos me lanzan a amarte hasta que vuelvan leches. - ¡Y a ti me entrego, sin voz ni limites, a un dulce ensueño…!

Para ya, para ya, para ya, que el deseo es más fiero, no me invites de nuevo a palpar tu carne sin frenos; pues me estremezco en mis adentros. Para ya, para ya, para ya, que sabes que me vuelco; y salto al ruedo, buscando el cuerno del toro en genios con quien me acuesto. Mi astro y velero…

El que me deja cada noche sin hablar, mi aliento cortas y no puedo respirar, me riegas toda por tu espacio en libertad. Me aguas la boca y haces miel en mi panal, me llamas reina y libo aromas de azahar. La rosa tierna y la expresión viva al hablar; de tus quimeras, que mi alma tientan. Me vuelves loca, me atontas toda; y me siento doña. Tú hembra devota, tú musa cósmica y tú ardiente verso en prosa; que descontrola.

– Para ya, para ya, para ya, que entre tus brazos me duermo; para ya, para ya, para ya, que en mis sueños te veo. Y en ti me adentro, por tus desvelos, que llevan lejos; por los senderos polvorientos del deseo que nos tenemos. Te traigo el cetro de mis secretos más viejos, te abro el tintero y vuelta verso voy y vengo. Siento tus besos por el cuello y me despierto, me das más besos; y más yo quiero y sin pagarte los obtengo.

– Para ya, para ya, para ya, porque loca me vuelvo; y duros mí senos, jartan y enfermo. Para ya, para ya, para ya, pues me quitas el sueño; y pliego y lluevo. Para ya, para ya, para ya, que si sigues regreso, te doy mi cuerpo; y me disperso por el suelo. Vuelo y te apreso, en mis adentros; florezco en rosa y te humedezco.

- Para ya, para ya, para ya, que si enciendo no duermo. Te llevo al cielo, te estrello el séptimo. Te traigo y vengo contigo en vuelo de un universo azul celeste; y blanco gélido. Para ya, para ya, para ya que el sol viene; y aun me tienes. ¡Para ya, para ya, para ya que el deseo me vuelve!

¡Y me enmudece…!

Epitafios crédulos.

Yo creo que se murió por mí, vino a decirme un amigo, traía el rostro teñidos con lágrimas de fría suerte. Sus labios yacían inertes como quien sede al veneno de una lengua de serpiente; y de sus ojos al verme salió el verso que les cuento. Como un grito de estupor en el silencio, de alguien que pierde los nervios y el cerebro.

- ¡Como quien tienta ver tenue y derrama tinta silvestre! – Yo creo que se murió por mí, me reiteró quijotesco; y le respondí te entiendo, no me queda que a creértelo.

Pensé a un ataque de celos, o al candor de sol de invierno que se opacó entre los cerros y el riachuelo, pensé también a los senos de dos mujeres ardiendo y disputándose el premio. A alguna novia nostálgica de su juventud mundana, que lo encontró en algún pueblo donde le cantaba al alba suspirándola. Y hasta quise imaginármela mojada y desnuda por la playa, ondulando entre olas borracha y nadando a piernas altas estiradas, atando un tórax de estatua. Y aceptando que el dolor que mata, casi nunca trae palabras, pues la lengua se amordaza atormentada; y le sale un ruido del alma que se exalta ya cansada…

- Y entrando al túnel desmaya; y todo acaba. ¿Quien ha muerto por las barbas de un cretino acalorado; y quien ha visto a alguien gritando un epitafio?

- Me repetí bien pensándolo al no sentirlo asustado.

– ¡Yo creo que se murió por mí!; me recalcó sin dudarlo…

Si Romeo era lampiño y Shakespeare lo vistió de bardo, por cual Julieta de prados andará llorando este enano. A ella me quedé pensando entusiasmado, a las historias de cardos y rosarios, al ala izquierda de un pájaro y a un beso que se va apurado, a darse sobre un rostro un baño y lo encuentra refriado.

– Yo creo que se murió por mí, gritó cansado, pero ni así me distrajo de mis cálculos.

Si crees que se murió por ti, más te vale el aceptarlo y acabar por enterrarla en el pasado, si crees que se murió por ti, pues llora a cantaros si estabas enamorado y de nostalgias te das baños. Algo así seguí pensando por un rato hasta el sábado del cual les hablo, si crees que se murió por ti cuenta los daños.

– Yo creo que se murió por mí se titula este relato. Échale un ojo y dime algo literato, me propuso más pausado y con halagos para perfumar su escándalo. Y lo revisé en el acto sin dudar del mal presagio, ni de sus amores trágicos, ni del final que le había dado al epitafio:

– *"Yo creo que se murió por mí, pues con mis besos se ha ahogado; gimiendo mientras coitábamos cantando…"* Se leía escrito abajo, sobre la firma del diablo.

El Detective: Crimen de amor.

Tirada al suelo y casi desnuda yace la dama del cuento, pintados sus ojos célicos dan a pensar que hubo lunas que se cayeron del cielo. Que hubo soles por el techo y que se encendieron luceros entre los gajos de un cedro añejo. Que hubo velas largas, candilejas y floreros…

Botellas de champan del fino y desnudos de cuerpo completo, poros y vellos y hirviendo; y flujos térmicos…

Yace ebria estática y bocabajo con las piernas separadas, abierta a un lado la falda y los sujetadores le faltan. Su bello busto mojado huele a incienso y a tabaco, sus rotos tacones altos dan a sus piernas encanto; y en su cintura un elástico, se desparrama estirado como orgasmo.

La pulpa de una fresa fresca gotea de sus labios mojados, su corazón se ha parado pues el clímax fue bien cálido, describo el cuadro mirándolo y descubro un gorro plástico en una esquina tirado. Se protegió del calvario, pero igual se murió amando; y al paraíso ha llegado.

- ¡Por donde quiera que andes, dime lo que te ha pasado! ¿Te fuiste atrás relajada montada sobre un banco cárnico?

- ¿Te pusieron a pensar al cráneo blando y aun estás meditando a la eyaculación y al acto? ¿Te dieron besos y besos y se pararon de hacerlo cuando se partió el alero porque empujaste con genio al espíritu de los balcones bohemios? Y te caíste sin verlo; y hoy vuela; al séptimo cielo.

- ¿O es que te penetraron con hierro hirviendo los ovarios y los sesos, llegándote bien adentro, hasta tus centros de juego?

−Yo creo que al final el cuento será un crimen de amor serio.

 Dilucidando en concreto estoy seguro que fue bueno, que la razón sin complejo la empujó a bajar corriendo, pero sus nervios cedieron pues el momento fue tenso. Y juntos los dos se corrieron como el riachuelo del pueblo donde los musgos son gélidos. Y resbalaron y cayeron.

 Él, solo sufrió del cráneo que se le partió en pedazos, pero salió caminando hasta encontrarnos. Amnésico dejó a su amada sangrando en un pantano orgásmico, se fue y la dejó llorando con el lagrimal gastado; y gritando dame látigo, flechazos y un abrazo sofocados.

 Se murió amando, con el vientre desgarrado por sus manos. Con el útero inflamado y el ombligo en malos pasos sementando; y con sus labios atados a la sombra de los labios de su amado. Se murió amando después de un momento romántico, solo a medias disfrutado.

- Resbalaron, se cayeron; y murió amando lo osado.

Puto destino.

Aguas de otoño y sol viejo que no calienta los huesos, frialdad, calor, cemento y su cuerpo contra el suelo, ya nada sabe a misterios y el gusto no es más que un consuelo divino, que a llegar toma su tiempo. Nada puede sostenerlo, ni el viejo bastón en cedro canónico empobrecido, con hilo fino y manganeso amnésico…

Todo lo ve en movimiento, desde el sendero hasta el cielo. Pero quizás ya no vea ni eso y su mundo sea un vestíbulo obsoleto, lleno de tarecos viejos y de frases de otros tiempos. Que en alucinaciones va oyendo, las pestañas al ombligo y el corazón hecho nervios, ya nada tiene remedio; y satura en lo mal hecho…

Y nada en sangre rojizo en un desierto de ejemplos ideológicos, apolítico y adoloridos. E implora alto a Morfeo para que Dios pueda oírlo, que no lo regrese del sueño y que lo deje entronizarse en el Olimpo. Suena incongruente lo dicho, ya que el intelecto ecléctico nunca se queda dormido; a no ser que acabe el juego.

Esto solo se los cuento inspirado en un artículo leído que concierne al padre vuestro. A ese mismo que no miento cuando digo que todos sus hijos no quisieron. Y entre los tantos me cuento sin politizar el termino, ya que tengo padre mío y no busco a parentesco ajeno; puto destino que tenemos…

– ¡Somos los hijos modernos de algún pueblo prometido!

- ¿Morfina y telón corrido, que quedará de lo visto cuando se agite el recuerdo de su espectro?

Pues la verdad no será dicha hasta que no haya partido al Mausoleo de Padre Pico. Están tentando el momento para anunciar que sus signos reman en negativo en dirección quinto infierno. A que solo sea el reflejo del ser perverso y obsceno que quiso ser padre nuestro; de otros, que lo quisieron, digo…

- ¡Y me lo reitero cada vez que a su ser pienso, morfina y telón corrido; el fin del cuento gallego!

Y al carajo mandaremos los partidos homogéneos y los hegemónicos congresos rojo tinto. Lo diremos al unísono como el gran pueblo que somos, no queremos más gobiernos vejestorios. Ahora nos gobernaremos nosotros mismos. Puto destino que tenemos, de no poder juntos festejar sus restos…

Porque el destierro está lejos para perder tiempo en entierros, divagando en cementerios con los muertos; y los otros, qué dirán que lo quisieron como loco. ¿Quién habrá visto en su lecho al que un día se creyó lobo? Pan y peso neto perfecto para libretas de racionamientos de modelos…

- ¡Puto destino que tenemos, pues el extranjero queda lejos para cualquier pueblo en destierro!

¿Cuba, te hablo, me escuchas?

Cuba, isla desnuda que de Caribe te inundas. Cuba, perla preciosa, corazón, boleros, rumbas. Cuba, verde caimán, juegos de azar, ruleta rusa. Cuba, la libertad no se mendiga, se procura. Cuba, alas al mar, rincón, basar, bastón, censura.

- ¿Cuba, hasta cuándo durará tu dictadura?

– ¿Cuba, te hablo, me escuchas?

¿A que sirvieron las luchas de tantas generaciones juntas; y de que sirven hoy las dudas si quien cambia se mejora? ¿Quién te contó que la honra pasa por ideologías despóticas? ¿Y por qué esperar que la historia acierte; y que la gloria lo absorba?

- ¡Qué inteligencias tan brutas las que juzgan!

– ¿Cuba, te hablo, me escuchas?

¿Cuba por qué estás tan lejos que no puedo tocarte con la punta de mis dedos? Lejos queda el extranjero y mi ejemplo es el enésimo. Tus hijos viven sin pueblo, no soy el único en esto. Ya que la libertad sin dinero es mejor que con lamentos

- ¡Cuba, de poder tocarte, puedo; pero el destierro queda lejos y tus precios son altos como el cielo!

Y como el pago es ir preso, pues te dejo en el recuerdo y no me acerco hasta tus predios. Cuba, sí en versos no dejo a mis preguntas hacer merito, quiero que sepas que el verbo cuestiona a quien siente miedo en carne y hueso; y hay ejemplos…

- ¿Por qué has dejado tenerlo? ¡Lo predicado sufre errado por tus campos!

Y no toco sentimientos porque hay tantos que murieron encerrados, que ni en versos viva gloria se oirán cantos a sus actos. Ya ha llovido bajo el molino tiránico, lagrimas de cocodrilo e historias de años descalzos; fuegos fatuos…

Y ha llovido, pero en ti nada ha cambiado. Cuba que te pienso y hablo, hoy te pregunto extrañándote:

- ¿Hasta cuándo durará el tirano?

– ¿Cuba, te hablo, me escuchas?

Si he sido claro responde rápido y no me dejes con las dudas, como has hecho con los llantos de los tantos desterrados. Que al fin y al cabo se preguntan si su país los ha olvidado; y nada escuchas. Si tu eres única, patria y encantos…

¿Por qué en vez de juntarnos nos dividimos en bandos que se censuran y se disputan como chusma? ¿Cuba, te hablo, me escuchas? Cuba que te pienso hablando, hoy te pregunto en ciudadano: ¿Hasta cuándo durará el tirano?

¿Identidad apolítica?

- Yo me llamo horas y horas desde que me despierto hasta que me acuesto, mi nombre no importa al cuento porque hablo de teléfonos; y me pregunto, me respondo y me contesto, siempre desde un número secreto. Me doy un apellido ajeno y me lo quito de nuevo contento de no tenerlo. Me pongo apodos, me digo motes, me voy y vengo y hasta el alias me lo creo. A mí me dicen bisiesto porque en las tarde de sueños hago de duende despierto; y el año me lo paso escribiendo, pues de destierro están hechos mis deseos.

- De donde vengo presiento que vieron con mi nacimiento la implosión de un vientre abierto en pozo ciego. Y al aire crecí corriendo, cayéndole atrás al miedo y recordando que siento el mismo que los hombres fieros. Nadie me calla, pues nada acalla al alfabeto cuando decide con palabras contar las letras en versos. Digo que gris se ve el cielo, cuento los pétalos sueltos, vuelvo a este suelo mordiéndolo y me contemplo sonriendo. Alzo una mano y empino de frente un dedo; y sin que nadie me lo impida, lo penetro.

- Yo no pego, yo no sedo y no creo en los gobiernos pues no tengo. Solo acepto a quien electo no delega compromisos y dirige sobre fundamentos éticos y políticamente correctos. Yo que bebo ya no creo que en mi país se viva abstemio, pues las penas en alcohol se ahogan sabiéndolo. Y no leo la versión que conocemos, pues no creo que el papel sirva de ejemplo; si ataduras le rompemos al convenio. Con los genios que debemos, pues cuando la cólera explota nuestros huesos; en nuestras caras la vemos…

– ¡Y lo siento, pues el tiempo anda derecho y no me es difícil entenderlo!

- Tengo papeles y no tengo, porque los boto cuando no los quiero. Y soy apolítico, invertido, pues cuando intento confesarlo no me creo. Ya que mi identidad está hecho de compromisos cumplidos que alientan los desconsuelos del pretérito; y de otros que incumpliré, si no son serios y al calcularlos me enredo. Y de cruel recuerdo, de enemigos, de cariño y de amigos de mi estilo extrovertido, vengo haciendo mi destino desde niño. ¡Soy apolítico, lo repito, pero utilizo en cada sitio el mismo himno!

- Y tengo dos pasaportes pero ninguno utilizo, uno con el sello vencido porque me importa un comino hacerme un camino empírico y andar por mis nuevos rumbos sin complejos. Y el otro, con su cuño cíclico corrido, pues la tinta de rodillas no procura beneficios. Y yo no pago maderos podridos convertidos en documento para puercos, si al fin y al cabo mi destierro no lo vendo; ni lo cambio, ni lo presto, ni lo apuesto. Ni lo niego, porque es divino y creativo; y da brillo al conocerlo, como muestro.

- Y ya ni voy a mí pueblo a hacer de ciervo en el Olimpo de lo prometido en viejos libros de texto; ¡y no extraño si no vuelvo, pues no celo…!

- Porque de identidad convencida en cada verso que lego, están hechos mis conceptos y preceptos. Y porque de Humanidad mis pensamientos están llenos y eso tienen que entenderlo, pues con humildad el talento inmune al fuego, hierve ecléctico. Y se vislumbra eterno cual florero repleto de Milsueños ebrios, que florecen el verde cantero susurrado por mis abuelos que hoy ya han muerto. Y mis padres, que están lejos, defienden mi condición de ser libre; aunque los llame desde el extranjero.

− ¡Yo no quiero pasaportes del infierno!

- Y aquí os los entrego. Pues los apolíticos nos imponemos modelos, que siempre sirven de ejemplos.

La bandera no es bandana.

- No hay bandera más bella que esta, la cubana, la de la tierra nuestra que hoy llora enferma y estrujada en una sala, a las sombras de nuestras desamoradas almas de descendencia insurrecta, hoy opacadas por la saña tiránica.

 Pero no hay tela más bella y ella es la estrella indiscreta, que sola alumbra la tierra hasta en ausencia. No existe semejante atributo en una estampa imaginaria salida de un cuento de hadas; y en seda vuelta leyenda literaria.

- Ni hay bandana que cubra mejor las penas que alborotan nuestras cabezas desterradas...

– Con tres listas azules y dos listas blancas por un triangulo ensangrentada; muere la patria.

- La nuestra está hecha de cera de magna en pena azul, roja y blanca. En rectángulo cortada y cocida con esperanzas libertarias, hiladas en mañanas renovadas bajo palmas; acunando la existencia de la tradición cubana.

- Pero hoy ondea aprisionada por el paria que nos la rapta allá en la Habana. Y no habría otra bandera más que esta, si una nueva no se hubieran diseñado quienes la depravan, convirtiéndola en bandana.

Mis tres tristes tigres (A Guillermo Cabrera Infante)

- Me han susurrado al oído un presagio que no es nuevo, repetido muchas veces por los seres más pacientes que han envejecido oyendo: No tengas miedo a lo inerte que es con cambios que uno vive.

- No tengas miedo a la muerte porque en finales bonitos solo cuentan los recuerdos. Y no tengas miedo a perderlos si de este mundo te pierdes por parajes que no has visto, que en otros tendrás diferentes y encontrarás nuevos bríos y cientos de amigos distintos. Que te acalorarán el presente con las páginas de tus libros; pues se refrescarán el cerebro, en tus fuentes de consejos vueltos versos.

 - Y te alumbrarán el camino para que tu recuerdo se quede dando vueltas en sus círculos eclécticos, como un angelito negro que ni el diablo ha enmudecido con tormentos. Como el poeta bohemio que legó textos silvestres en poemarios de bolsillo, rimas melódicas, trinos y amor por cuatro caminos suelto. – ¡Y un estilo definido, que no plagia ni Dios mismo!

- Tu andas marchando al poniente para cambiarte el destino, tú no estás muerto estás vivo. Te estás abriendo el camino con proyectos diferentes, lleno de sueños distintos que tus duendes te han traído. Y escucho un silbido ardiendo en el fondo de mis adentros, donde existe un cementerio para los casos perdidos que aún intentan sentir fiebre. Y vivir de lo ya dicho aunque les cueste, como quien piensa y se ilumina al unísono en luz verde, analizando al dedillo si sus palabras convienen a silenciar el presente. Pues un párrafo da hilo para tejerle el destino, a quien destierren al limbo sin dormirlo.

– A ese lugar infinito donde el recuerdo perece sin ser visto, por las extrañas sumidas del abismo.

- A donde putrefactos y mal olientes tres tristes tigres se han ido, a ponerse nuevos dientes y a limarse los partidos, que perdido el filo tienen. Por sus combates hirientes contra enemigo más fieros, que para no tener que leerlos les llenaron de manchas el pecho. Y luego los dejaron fundirse en lo negro del olvido, enterrados con sus herpes. Sin las rayas que asemejen sus colmillos, sin la fiera claridad de sus delirios oníricos, con ellos mismos, solitos.

- Pero aún no están muertos, están solo adormecidos porque la anestesia duele. Están mezclando el tintero de todo lo bueno que quede entre sus sienes rebeldes, para traértelo lleno de óleo de teclas sin frenos, con dulce de dedos sinceros y poéticos. Para que des vida en ellos y guardes buenos recuerdos, menos genios, nuevos bríos. Y a los amigos de siempre los veras siendo testigos de esos momentos divinos que chiflando te traeremos. Ya verás cómo hasta el mar regresa al rio, sentirás como se abre un ciclo serio, se oirá decir que vuelves a tu pueblo; y morirás el día preciso siendo viejo, agradeciendo a la voz partir del cuerpo hacia los cielos.

- Al Infante que no olvido pues comprendo, mi homenaje es merecido, pues nadie plagia el recuerdo…

Enseñando lengua y pensamiento.

– Que tanto se dice el triste cuando se concentra en sí mismo:

No tengo esto ni aquello, no he visto nada de lindo. No llevo un centavo al centro pues se me rompió el bolsillo izquierdo; y el derecho es un pozo ciego, lleno alacranes que muerden dedos, con sus cortaúñas hechos en acero empobrecido entre lamentos. Me visto como un cochino y todos me llaman puerco.

En los bares ya no entro y si algún día fumé, ahora solo bebo té y me despierto colérico; pues me dan crisis de pocos deseos de ser como lo imponen los gobiernos. Y hasta perdí los sentimientos buenos en un premio para deshonestos, tristes como yo y coléricos; pero muy poco sinceros y ladrones de criterios…

- Tengo deseos ser, de ser sin perder mi último aliento por dinero.

Pues me atormenta de stress, como a cualquier comemierda que nunca pudo tenerlo. Pues con dinero y con los premios moriremos un día de estos, cuando el sol baje del cielo detrás de sombras con velos tétricos; que nos llevarán tan lejos como en versos, a donde el olvido ajeno sabe a eterno.

- Y al foso en tierra de extintos, llegue el occiso descrito en los capítulos de un libro viejo; a enterrar sus huesos místicos.

 Porque en vez de aclarar sus adentros sal y estiércol, vertió sus demonios alérgicos dentro de los abismos negros, infinitos y rojizos, de su cuerpo adolorido. Y al regreso siguió triste; y con el corazón vencido por lo sufrido muriendo, sin comprender que la lección de la vida que va lejos…

– ¡Es su perenne recomienzo!

- Al Caballero de las Artes y las Letras que quiso darnos sus consejos de maestro: Ya está muerto señor mío y no hay remedio. Y aunque lo embalsamen los egipcios, usted se podrirá bajo cemento por altanero y egocéntrico. Ya al foso en tierra de extintos, llegó su cadáver occiso…

- Y que tanto se dice triste, quien vuestro esqueleto ha escondido; y que tantos se dicen tristes sin haberlo visto.

- Pero que poco dice la gente, cuando el destino es distinto, pues enseñando lengua y pensamientos se es más digno.

"En la lengua de Cantero"

- Pasarán años enteros y siglos detrás de estos, el mar bañará al rio revuelto y los amantes frenéticos cantarán por los aleros, dándose besos bien tiernos, con labios que ericen cuerpos abiertos de pecho entero. Pasarán los malos pasos sin consejos, los corderos dando al lobo un escarmiento, pasarán hadas madrinas, bardos, perros; y sus lenguas sin chistar dirán regreso.

- *Volverán los gatos negros a montar altos los techos, maullando en el silencio el bolero de sus sueños. Y los tortolos bohemios sobre los árboles huecos escamparán aguaceros, nostálgicos de los sentimientos buenos que un día leyeron en versos. Volverá el sol a los cerros y la luna a los oasis de desiertos, se inundarán de cerezos los verdes prados modernos; y los jardines de insectos.*

- Que pedirán que cantemos un nos queremos queriéndolo.

- Y él jamás se verá viejo frente al retrato del miedo, volverá el azul al cielo y volveré yo a mi pueblo. Haciéndome quizás el muerto para verme en un entierro, vuelto pluma de tintero que anudan dedos con nervios. Carne, hueso, caramelos; leche y huevos, pan y queso. Y florecerán los Milsueños en el patio de mi abuelo, con sus corolas sonrientes como en cuentos.

- Y sin cetro volverán los muertos, para contemplar el fuego.

- Pasarán con sus defectos la doña tal y el vaquero, también vendrá ron fulano el que se acordó de aquello. Las virtudes y el incienso los traerán dos conejos, Aladino sin sombrero y el genio que distiende espectros. Volverán los que dijeron que nada es fácil, de hecho, ya que todo toma tiempo si al fin y al cabo no es juego, como el pensamiento ecléctico.

- Volverán el griego Homero con sus líneas garabatos y sus barcos asustados. Moliere con su francés bien ebrio nos hablará de lo osado en un otrora romántico. Confucio, que ha filosofado, nos conceptuará rimando. El Ingles si nadie viene, pues Shakespeare podrá aportárnoslo; y el Quijote y su buen Sancho, volverán sin rebuscarlos…

– Porque en español yo hablo y se me entiende bien claro, con mi lengua no hay relajos; ¡y a quien la insulte lo callo!

La Luna sola.

- ¿Quién sabe a esta hora donde andará la Luna, si es que se ha ido sola a buscar fortuna por paraísos de desastres? Se ha ido sola, a llenarse hueca en la languidez de sus tristezas duraderas. ¿Quién sabe a esta hora donde andará la Luna?

– ¿Quién sabrá a esta hora donde andará la Luna?

- Se me ha perdido desecha entre las sombras y las brumas; se ha ido sola a buscar fortuna en las alturas de una noche sola y sórdida. Quien sabe a esta hora con quien andará la Luna, si a mí mismo me ha dejado en las penumbras de una tumba.

- ¡Quién sabe si esté hasta sola y toda sucia!

– ¿Quién sabe a esta hora donde estará la Luna?

- Así gritaba un Lucero tétrico vestido de Bohemio viejo, la noche de este cuento nuevo y verdadero.

- Lo vi excitado y frenético y jurando amor eterno; y abjurando de un Sol bélico que le había apagado el cielo. Disipado en sus deseos y sin viento ni rumbo serio. Lleno de veneno el pecho y el pellejo polvoriento, los labios llenos de celos y complejos.

- Y yo que no tengo miedo e interrogo los misterios, le pregunté si era cierto, que en la noche se robaban tiempos y sueños viejos. ¿Dónde puede estar tu Luna, si tú mismo no te has visto y vagas recto; y donde puede estar tu Luna, si tú andas sin aliento ni cerebro?

- Te respondo Caballero, para que pares de hacerlo:

– *La Luna se fue del cielo por un pasaje secreto que el Sol le abrió entre sus huecos. Detrás del Monte de Venus donde se funden los cielos sobre el desván de un cuerpo erecto. Plantando anda de Milsueños el cantero; con corolas azul gracia y pétalos rojo nervio.*

- Susurrando con los dedos, mil estrofas para ellos. ¡Si te cuento da por hecho pues los nombro!

- Pues se fueron los dos ebrios a vivir un mundo nuevo sin demonios. A contarse un cuento de ellos, a vivir por universos donde los besos son buenos. A decir amor sin pena, aunque entre ellas inunden; a tentarse en Luna Llena y al Sol en notas ver luces.

- Y tu mi pobre costumbre no has comprendido que en lumbre solo se alumbra quien pudre. Quien fuego fatuo produce viendo su alma en la cumbre, bajo tierra y disecada. Si tu Lucero de marras andas buscando en las nubes, te veo perdido en la láctea…

- Pues el oeste baja y subes; ¡y tú te hundes!

- Baja el telón y cierra la carpa, que la historia es larga y no serás hueso viejo, ni oasis rendido en las dunas.

– ¿Quién sabrá a esta hora donde estará la Luna?

- *La Luna se fue del cielo por un pasaje secreto que el sol le abrió entre sus huecos, detrás del Monte de Venus donde se encuentran los cielos sobre el desván de un suelo en versos. Plantado de Milsueños de canteros; con espinas verde fuego y resina carmelita.*

- Susurrando con los dedos estos versos que hoy te recitan, te veo perdido en tu cosmos célico, terco Lucero deshecho.

- Mientras ellos se deleitan libando almíbar idílico y extracto de clorofila, en ríos de néctar gélido que surcan los prados de sus cielos; donde él la monta al Séptimo sonriendo y la desciende gimiendo. Y en ese limbo pasajero viajan hacia el infinito enésimo; donde los cuerpos orgasmizan con recuerdos veinteañeros.

- Y los amores son más tiernos que en el cielo de tus cuentos; y la Luna sola en un Puerto, espera al Sol en velero…

– ¿Quién sabe a esta hora donde andará la Luna? Me reiteró aquel lucero frenético…

- ¡Pues mirando hacia arriba, veía negro su firmamento!

La Dama de la noche...

- Para quien voy a bailar si a esta hora en el teatro nadie queda; y en los parcos las cabezas ya no sonríen a mis piernas. Ya no me aplauden ni esperan a que les haga una reverencia, pues todos se marcharon a sabiendas, que después del espectáculo la estrella sola gravita, meditando con paciencia a sus dilemas.

– Y en el suelo las cervezas danzan el **Vals** de Botellas…

- Y en el techo hay una cuerda atada a un cielo que pega a la serenidad de esta pieza, que en luna llena a mi hembra ilumina oronda esbelta en mil maneras, pues de inconsciencia están hechas las leyendas que se cuentan. Y en tristezas los amores vagan mientras, **alegrías** y dulzores desesperan. Ya se ha acabado la fiesta y el teatro sin candela ha oscurecido esta escena. Solo me queda esta vela, esta mujer de silueta que hace pecar a cualquiera que la tenga. Esta alma mía que se acepta cuando no desea que la vean, cuando decido ir a abstráeme cual poema, que me cite entre lujurias sutilezas…

- A mí misma, pues me tienta cuando el viento sopla afuera; y aquí adentro ni una letra deja esperma pues la sala está desierta.

- A la noche y hasta al hada que me habita y cuenta rimas, a mis sueños vuelta tinta y ya corrida. A las tablas que me ven de bailarina de las ninfas, a mi vida que si opaca le doy brillo y me ilumina cada día. Y al destino de mi piel, que se alumbra en sus abismos, cada vez que a un masculino le doy ritmo y vino tinto.

– ¡Con el don de los secretos y misterios que me dan vida de título! De claroscuro por dentro y a media luz entre pétalos lleva mi silueta un hilo, me dedico y me describo en cada sitio. Me disfruto y me derrito sobre tablas cuando ondulo mis caprichos dando brincos. Con boleros que al cantarlo por el cuello riegan versos; por mis vellos y mis fuegos pues no llego a contenerlos. Pues no pido órganos medios, ni me conformo con menos que un vuelo al infinito enésimo, pleno de lluvias y truenos.

Yo soy la voz del silencio que atrae el juego, la que les cuento que llevo bien adentro de mi cuerpo que arde en fuegos. Yo soy la cuerda que afloja de entrepiernas si los amores me ciegan, yo soy la cosa más bella que la belleza recuerda que le hayan dicho a una hembra en primavera.

– ¡Yo soy la noche; recuerda..! Tierna cual luna llena de estrellas sobre un firmamento de cuerdas, que ocultan una pradera en reserva tras el caudal de mi delta, donde habita mi fiera célica que al besar se extasía gélida. Ya a mí ni en la cama me inquietan la existencia, pues la calma tranquiliza a quien sosiega, a sabiendas que la esperan.

- *¡Paciencia, que mi Dama ama pasar la madrugada en vela.*

A cielo abierto y mojados...

- Vi iluminada a mi estrella en cielo abierto apagado, las manos sobre sus caderas y sus cabellos a caballo.

La vi por prados mojados desnudada en sus encantos; y en fino hilo dentando la vi tentar el milagro. La vi en un juego de manos extasiada sobre un puente, la vi colgarse sobre un árbol en las profundidades del campo; y enviarme un beso largo hasta el jardín de mis manos, al poniente, como astro en un orgasmo.

- ¡La madrugada pasada fue como un regalo dado!

Y vi al universo contemplar nuestros pecados, miré hacia arriba y vi su cuerpo ondulando sus secretos incurvados. Y al otro lado del puerto, yo en un velero pescando, me vi en ola enamorando a quien les hablo. Y navegamos contra el tiempo y las ojeras; y no besamos, a cielo abierto y sin prendas puestas.

- ¡Y mojamos el tintero, bajo aguaceros de esperma; y derretimos las velas, para nuestras estatuas de cera!

Y entre sus piernas en fuego, le di amor del que pretendo. Y entre sus brazos quiméricos, sentí el ardor de sus vellos; y por el terreno en cuero, mordí sus frutos suculentos y le desperté su Venus. Cedí a sus notas discretas y a su cascabel de serpiente que enmudece; me dio su menta y vi verde…

Como Eva en el Edén donde las almas florecen, como hiedra que se tuerce montando un muro sin caerse, atacada, a los Duendes de mi mente. Y sudando el buen retozo, como poros que se inspiran si los hierven. Y canté a capela un yo te amo muchas veces, como un bardo, que toca una guitarra imberbe.

- Se encendió, se iluminó, se vio debajo; saltó al desearlo y se colgó de un balcón alto. Gimió temblando y se estrelló en sus arrebatos, se miró toda, se gustó y se dio dos palmos; se sintió oronda y bebió un trago disfrutándolo. Me dio sus labios, sus dulces labios rosados; y la besé sin pensarlo.

- Sintió mis labios, mis suaves labios mulatos; y vi sus años, a cielo abierto y mojándonos. Se incendió, se fulminó, sentí un bombazo; y respiró y se relajó para inundarnos. Y me robó un beso largo como tintero de poemario; y desprendida como astro en un orgasmo, volvió a cantarme un yo te amo…

- Miró al reloj, me dijo adiós, se volvió triangulo y se escapó de mis manos; y hoy aún sigo mojado por la gracia de sus labios mágicos. Su fino cuerpo de nardo recuerdo estarlo mirando entre las nubes de su cielo ingrávido, abierto a versos regalos; sobre las cumbres de un monte orgásmico.

La Blancanieves de sabanas

Blanca y encantada como un Hada toda de nieve se embarra, serena tez reservada dibujada con guirnaldas mágicas. Tiene unos ojos de fiera que ataca, tan grandes como los de una luna en barca que al horizonte del alma se desgarran, cuando la madrugada se escapa y no es amada. Y ella muere de ardor desgraciada y sin más gracia, vagando ingrávida por la vía láctea; viendo estrellitas mojadas, que bajo la lluvia se bañan.

Loca de amor agraciada, orgásmica de nostalgias y empapada de esperanzas, se las pasa en seda blanca y crema magmica de nata, encendiendo una galaxia que se apaga en la distancia; pensativa ensalivada y a la cabellera de plata. Así es ella, la que aclamo en esta página. Dulce de labios y de piel volcánica, muda de lengua y de ojos callada a las miradas; justo para no hablar si la atrapan, cuando gime desquiciada al penetrarla.

Vino a mis dedos que matan con palabras, la Blancanieves de sabanas, la dulzura en claroscuro aun no pintada en una cama. Por sobre nada, sin sobretodo, la luz, su bomba y yo exploto; pues en lujurias a su modo, la medianoche es de antojos mórbidos. Vino a mis dedos que extasían en carruajes que bajan lanzando piñas y cocos, vino a mis versos golosos llenos de adjetivos lógicos; y de deseos metafóricos al horno.

- ¡Y despertó iluminando el dormitorio!

– Vino a mis dedos…

La princesa de las majas, la Venus musa de locos, la que vuela desde el fondo con sus brazos al mañana, la que me despierta al alba con sus caricias tempranas. La de las manos que lo tocan todo, la Ninfa que desvive esclava, la que se sube a mi cama y se estruja entre sabanas blancas; la sensación de quien quiere que le hagan, vino a mis dedos que resbalan sobre paginas con las fotos que le mandan…

Por sobre nada, sin sobretodo, orgasmos y uñas de Lotus; pues sobre poros y antojos suda el agua de su pozo. La vela que se enciende sola sobre la mesa donde como. Y entre yo y ella las horas pasan; y las olas nos revienen sobre el rostro; el mío le sonríe sin odios y el de ella sin demonios lo dice todo. Loca de amor agraciada, suerte de Hada mundana, que ama callada, bajo las sabanas que empapa.

- Y que al besarla inunda todo con su jugo de manzanas…

– ¡Las blancas nieves pasadas, las reviven mis palabras!

Consigo y la Distancia...

- Te estoy hablando distancia que del sueño me separas, vida mundana y andanzas que con mi existencia vagan hacia un futuro que me escapa. Te interrogo las entrañas sumergida en la esperanza de tentar todo mañana, veo que cada día que pasa se me pierde un tanto la gracia y la guadaña me aplazan. Que las sonrisas me arrugan y que mi cara se cansa sofocada; que ya no creo en mentiras.

- Y que me enciendo advertida cual cigarro bocarriba, frío pero inflamando llamas, humeantes pero esperanzadas.

- Que a mi corazón sin jaulas la miel lo volvió pirata, que las niñas que esperaban al Príncipe de la Buena Cara sentadas sobre ojos con gafas; hoy ya no escogen más nada y aman a quien bien lo valga. Que mi cabellera sol y plata hoy ondula al viento apurada, que no se me escapa más nada si yo he dicho me hace falta. Que mis palabras no callan; y mi mujer es adulada cuando habla.

- Que hoy desperté acalorada porque aún mi almohada la empapan los fantasmas. Y que a los amores naranjas que tiran balas al agua y humo desde un balcón sin cama, los he pintado de karma si su mitad no me cala; y al adiós no pido nada a quien bien parta, si en principio soy quien manda entre mis sabanas. Pues del pecho, que no me falta, me da lo mismo soñarlas.

- Ya ha pasado el tiempo anárquica, los días de soles volcánica, la tentación de tocarla y la cintura sin falda en una barca. Ya he olvidado la canción de juventud apasionada, la razón del tu me matas locas ansias, las lagrimas fuentes del alma y las disculpas mal dadas. Ya no pido ni deseo rosas blancas de las que cortan podándolas; pues sus espinas cuando secan resquebrajan.

- Conmigo misma consigo la palabra, responde o calla:

– Susurra, distancia…

¿Cuánto camino aún me falta hasta el mañana que del sueño me separa? ¿Cuántos vestigios de trabas desmontaré antes del alba? ¿Cuántos soles, cuantas lunas; cuantas canas? ¿Cuántas alegrías, cuantas? ¿Y cuántas ganas?; pues cuantas hayan, las quiero ante mi mirada. Responde o calla, pues la distancia que haya será nada; y no me importa, pues mis pies andan.

- Y hasta descalza llegaré hasta donde vaya, pues aún me quedan cigarros en la caja, para en cenizas dejarla…

- Y la Distancia respondió conciso y claro ya esfumada:

– *"No preguntes al destino que ha planeado, pues ni el mismo sabe a veces que hace daño esperanzándolos."*

- Anda al alba y no mires la madrugada; ¡si no es mágica!

— ¡He perdido mi estructura!

- Hoy me he despertado triste y deprimido, sin ver el sol, ofendido y agobiado por mil peros tétricos ajenos convertidos en lamentos.

Desesperado y sin brillo como un cristal pervertido que se ha vencido pudriendo en las fosas del olvido; porque si de amores feos hay un Reino, es solo para olvidar que hemos querido perder el juego, sin comprender que lo perdíamos sin remedio.

- Hoy me desvivo por criterios que nunca fueron muy ciertos, que siempre creyeron en cuentos y ahora están arrepentidos; pidiendo que cambie el tiempo y que lleguen días bonitos. Para que broten los buenos sentimientos, que desterrarán los cruentos y mortíferos.

- Hoy me levanté afligido y retirado al recuerdo; y entre mis natas matrices he visto a padres y abuelos padeciendo. Y he sentido al mundo hundirse detrás de un sismo asimétrico que incubaba diluvio y truenos, flagelados por un torbellino lleno de babas y acentos.

"Fragua de mal y descontento que ha visto pobres muriendo, encandilados durmiendo entre vendavales de fuego. Encasillados en efectos producidos por sus nervios que se han burlado de ellos, ya que el miedo es peor que el tedio; y el odio que los aguaceros."

– ¡Desmesurados conceptos, tan destructivos y herméticos!

- Hoy no he podido decirme que la vida es como un juego, que ganamos y perdemos y que deprimimos sonriendo. Ni que hay remedio a complejos si aún soplan vientos adversos, que nos desestabilizan los sesos con morteros, que al caer aplastan dedos. Y aún me siento muy dolido, alto en principios pero bajo de pesos que me hagan recordar que existo. Sin dialéctica al derecho y a la izquierda escalofríos que hacen sentir lo trémulo. Sin aromas y sin quieros; y sin mi pala de doble vilo, que me descubre cimientos.

 Le voy orando a mi infierno para que mande bomberos; y musas apagafuegos estoy buscando en los versos. Para que describan al dedillo todo el mal que estoy viviendo, porque mi estructura he perdido; y a mis duendes si imagino, los advierto soñolientos. - Regresando del recuerdo, para acalorarme los dedos. Tengo frío en mi apellido y en mi nombre un perro tuerto, que apesta como los desechos. Hoy de mi mundo el mundo se ha ido, dejándome un mal violento que entre letras he vencido; metafórico y ambiguo, como quien le tienta un final al cuento.

- Hoy vivo un tiempo maldito porque mi estructura he perdido y me agobio en un silencio que me confunde el destino. Y busco un verso remedio en mi universo de tempos rítmicos; que sus notas ha cedido un vendaval de analgésicos, que ya me tienen dormido.

El entierro del miedo.

Lo vi cavándose un hueco tan hondo como su cuerpo para en el enterrar sus huesos, lo vi vestido de negro e intentado no ir más lejos.

- Otro día lo vi ciego, perdido en el, descontento.

Blanco con perpuntes negros, amarillo, maloliente y lleno de desasosiegos, pero aún cuerdo. Y luego lo vi y ya estaba amnésico y sus pasos andaban lentos por el cielo; y no se acordó de mí ni diciéndoselo, cuando del suelo lo recogí medio muerto sin recuerdos y sin peso.

− Esquelético y enfermo, triste, cósmico y alérgico.

- Lo vi morir y fui a su entierro como todo amigo bueno, lo vi morir como un triste perro pordiosero callejero y hambriento. Lo vi morir solitario y sin dinero para médicos. Lo vi morir, lo recuerdo pues se llevó sus complejos al infierno; qué bien me hiso y lo siento en mis adentros.

No conoció otro momento ni otros cuentos. Por lo menos eso pienso cuando escribo las memorias de sus miedos. Ya no creo que se haga el necio en el infierno. Porque con el diablo no hay juegos, o te pliegas o te quemo, dicen que grita el día entero a sus sujetos; que en sus cepos con veneno yacen lento.

- Que absurdidad la que cuento, no veo por qué hablar del miedo, sobre todo si está muerto. No veo el por qué de estos versos, si en realidad ya no tengo. Me he referido a un preté- rito que hace tiempo vivió lejos en los confines de mis malos sueños; de intelecto en tiempo muerto.

- ¡De confusión y mareos...!

Un pasado que aún recuerdo cuando intento ser sincero con el yo mismo que en presente está escribiendo. Ya nadie me mete miedo y cuando lo hace lo siento, le explico el por qué del cuento y lo invito a no intentar hacerlo; y luego los veo sacar pañuelos, pues la paz vive en mis versos.

- Y concluyo con dos besos, la mano entera y el cuerpo em- belesado escuchando el buen consejo.

El miedo escénico es violento y verdaderamente lamentable, pero así son los males del destierro forzado a cuatro vientos. El espíritu colérico sustituye al intelecto que tenemos; y ter- minamos padeciendo desconsuelo. Pues no cura ni sufrién- dolo con tiempo, ya que no sale del sueño.

– ¡Cualquier tipo de represión de los complejos mata pue- blos, pero al enterrarlos los vencemos!

¡Me conozco y pienso a diario!

– Ocho millones de deseos tengo a diario, me despierto, me levanto y tomo un té, veo en la tele que la calle no ha cambiado, tomo un baño y me aclimato al Lavapiés.

Me da hambre pues nada he desayunado, el dinero no me da para comer. Las pastillas, las migajas, los cigarros; se empantanan sobre el cuadro de mi ayer.

Veo blanco, luego negro, sangre y fuego, los tormentos me acumulan padecer, los esfuerzos si los cuento son modelos, los no hechos alumbran mi amanecer.

– Ocho millones de deseos tengo a diario, unos buenos, otros vagos, muchos sabios. Pienso tanto a lo que quiero y que ahora extraño; divagando en mi calvario desterrado.

Los amores me han quedado en el pasado; y en desorden se apoderan de mis pasos. Me conozco y reconozco que al fallarlos, una vida con dolor me he regalado.

- Me conozco y reconozco no soy santo; pero es cierto yo jamás he traicionado.

– Mis millones de deseos son bien sanos, si los cuento me verán enamorado. Si recuerdo veré solo en verde abstracto, porque a nadie en realidad he maltratado.

– Mis millones de deseos son soñados, son recuentos reposados de mis actos; son remedio para un cuerpo ya cansado, que al cadalso se refiere hasta matarlo.

- ¡Me conozco y reconozco que he llorado!

 Que he perdido y he ganado sin robarlo. Que he jugado a un frio diamante en cristal raro, que escondido en sus aristas traía al diablo; pregonando que el pecado sabía a látigo.

- Me conozco y les confirmo me he pensado, soy el mismo y la razón me ha dado vista; me conozco y reconozco al mencionarlo, que al adiós le he calculado sus desdichas.

– ¡Que la vida sin perdón no cierra heridas!

- Pues las grietas cuando enferman quiebran venas. Que el orgullo es un flagelo de cavernas, que sin tinta al dedo dicta un verso en pena; pues de empeños no se vive una leyenda.

- Que la estrella cuando eclipsa no despierta, me conozco y la deseo a quien no la tenga; me conozco y pienso al diario de un profeta, que entre letras contó al mundo sus presagios.

– ¡Y reconozco que calcular no ha sido en vano!

El indómito HESSEL. – (A la memoria de Stéphane Hessel.)

Ya se nos fue el indignado, el gran león proletario, el romántico formulario de los derechos humanos, el guardián del Templo Lánguido de los deberes que nos cuestan caros. El resistente voluntario de los mil actos buenos realizados, sin pedir por ello aplausos. Y el hermano ciudadano, que nos gritaba:

– ¡Indignaos!

- Así de preciso y claro.

- No conocí al indignado, no tuve el gusto de dármelo, pero admiro su legado. Nunca le serré la mano, ni lo fundí con mi abrazo, pero respeto al soldado y al hombre consumado y sabio. Al molesto que incitó sin miedo al cambio, a defecto de perder, lo ya logrado luchando…

Al juez juzgado arbitrario, al sedimento del calcio, al estimado adversario de los bancos, al valiente funcionario diplomático. No conocí al carismático libertario, al padre de los que hablamos alto y sin cuidarnos. Pero leyendo he recordado ese antaño de estos años; escuchándolo a diario aconsejarnos.

- Me fui adentrando en sus cantos y hoy lo reitero indignado, indómito, juvenil y protestando hasta el cansancio. Pues sus gritos se oyeron altos en el calvario de los tiranos planetarios.

– ¡Indignaos, Indignaos, Indignaos! Por qué hay tantos, que de nada valdrá votarlos para que gobiernen atados.

- Y tembló el césped del camposanto ya dejándonos, pues mil voces los seguían imitándolo y gritando…

– ¡Indignaos, Indignaos, Indignaos…!

- No conocí al Indignado, pero me tocó contarlo; por poeta, por profeta y por su legendario animo. Pues de su espectro aun se le escapa un…

– ¡INDIGNAOS!

- Y aquí en su pueblo lo escuchamos extrañándolo.

- No conocí al Indignado, pero igual lo grito alto.

– ¡INDIGNAOS!

El Muro de los adversarios mundanos.

- En las calles de los que nada tienen no existen números diez, no hay portales ni corriente, ni manteles; ni huellas de pies silvestres plantadas de un dos por tres. Solo hay ladrillos y muros degradados por el tiempo y el veneno para pueblos; y aunque se escriba y se lea, la incultura es kilométrica.

 Se prohíben los ataúdes y ni en buses se ven pasar, a los fieles transeúntes que orondos vemos andar, por la calle de los siempre alegres y los barrios de los finos huéspedes que todo pueden pagar, solo con llamar al presidente. Y nadie les suele colgar, porque Don Dinero les atiende…

 Que absurdo muro de infecundidad nos divide en dos el vientre. Que al perecer nada siente, porque las sombras son tenues cuando la vista se pierde. Y en rojo fuego apresado la consigna es de un presente pleno de ausencias de verde; y un laberinto sintetiza el todo deben.

 En las calles de los de los arrabales el polvo aspira las piedras y soplado se nos pierde entre raíces que mueren; y solapadas las nieves en vez de blancas son sílice. Y las señales de tránsito anuncian dulces días grises, vueltas atrás al pasado, caminos largos divagando y malos ratos. Cuentas, ardides, relajos; y la brusca realidad de un vaso helado, lleno de tragos amargos y de llantos disecados.

- En las calles de los mal plantados de sus jardines secos y áridos solo brotan Milsueños mal podados. Sus pétalos rojos truenos y sus espinas pecados, perecen antes de cortarlos. Y solos florecen lánguidos los temerarios, si con las lagrimas que los mataron, los rosearon todo el año.

Quien vuelve atrás en presente se encuentra un muro de veces que lo dejan comprender que está mirando su suerte. Y quien de dolor se muere por no haber podido verse, no podrá ser lo que quiere pues el tiempo nunca vuelve a dar dos veces; solo repite resuélvete unos lentes.

– ¡Pues todo aquel que los pierde, frente al muro se arrepiente!

¡Ni Dios basta!

- Hoy me han regalado a Dios con la fe de los mejores, en un pomo de perfume y frente al templo lúgubre donde con versos ven luces. Donde con ruegos y rezos del cielo se caen las nubes que anteceden aguaceros, donde del suelo revuelto brota un candil hecho en hierro portado por un santo ciego; donde en la cruz de costumbre pernocta un cuerpo sediento atado a un leño...

- Pues hace siglo que no vemos descender al pordiosero.

Y el universo arde en fuegos resucitando al viajero polvoriento. Sangra su carne al madero y su corona de espinas le encona vellos y lengua, la sal le quema la melena y se da muerto en objeto frente a una lanza maldita. Y ni su madre la diva obró de virgen bendita, ni sus discípulos describieron la primicia; ni nadie lo salvó por bueno, ni por pena, ni por migas.

- Y las hormigas divinas, con gusanos se lo comieron.

Porque de humano lo vieron ser cronista de otros tiempos. Y hoy las dotes del convento se crucifican los nervios; y nadie dice que lo ha visto ni siquiera en pensamientos. Aunque el hombre barbudo y feo, no se haya resignado al intento y viva eterno en su clérigo. Y le respondí: - Yo no quiero a un Dios que ha muerto; y no me interesa como ejemplo...

- ¡Pues si advierto su flagelo mató pueblos!

Las religiones y credos yo las respeto y es cierto, pero no creo ni en mi abuelo, que creía en sus ancestros. Y no veo por qué, si no veo, tener que inventar misterios. Ni abdicar de la materia que dio el hierro, ni flaquear porque me falte un mensajero. Ni plegarme ante un cuaderno más intenso, ni querer si solo quieren verme lejos.

- El ser bueno es lo que hago; ¡y a mi basta con eso!

- Hoy me han regalado a Dios en el Olimpo perfecto, la juventud que da amor me lo sirvió en plató lleno, con argumentos sinceros pues los creyentes van lejos para convencer perdiendo; a quien busca otros remedios más eclécticos. Y le respondí: ¿perdón? No ves que revuelo lejos cual buen fénix el desierto; por favor tómalo entero, pues yo tengo otros preceptos.

- Y me miró, sonriendo a quien les cuento; y yo pensé a un verso nuevo, pues ni Dios basta a mi ingenio.

− ¡Ni nadie profetiza desde un hueco célico encendiéndolo!

Igualdad con igualitarismos.

Tinto a las puertas del suelo me he encontrado a un vaga-bundo, a unos de esos seres lúdicos, fotogénicos y artríticos que en fotos se ven muriendo por los pueblos. Amnésicos, alcohólicos y sin rumbo fijo, sin quimeras y sin razón para tenerlas; y sin más voz ni voto que el de otras almas gemelas, sumidas en la impotencia.

- Que empobrecidas se solidarizan, para que no se extingan sus hogueras sobre la faz de la tierra; filantropía contra po-breza. ¡Pero que cada uno dé como pueda!

- Hablo de esos seres a los que la crueldad de la suerte no les dio anillos divinos, no les dio padres de niños, ni de grandes luz con brillo. Solo les dio bolsillos empíricos llenos de hue-cos y grillos, de sombras tenues esparcidas por el piso y de realidad sin cariño; solo trabajo y castigo, como pago por haber vivido el sacrificio.

- Pues no encontraron el camino hacia otros mundos distin-tos. Y en el 1ro los ven escépticos por las aceras del lujo ro-gando a quien tenga dinero la caridad de los justos. En el 2do son módicos y no cuestan caro a los gobiernos que para ellos nunca dan ni un Kilo prieto. Y en el 3ro son ciervos, que solo tuvieron de amigos a los esclavos del abismo; que aunque nazcan ya están muertos.

- Y allí, a las puertas del suelo donde yacía hambriento el mendigo:

- Me arrodillé ante su rostro para que se mirara en el mío; y no olvidara que hay muchos que no se olvidan de ellos. Y les quitan aunque sea el frio con chocolate y dos pesos para el almuerzo del domingo. El ánimo se da en amigo y en ciudadano modelo y serio, para ver si un día obtenemos lo que pedimos al gobierno.

– ¡Igualdad con igualitarismos!

- Para que se atenúen la pobreza y las tristezas sobre la faz de la tierra; igualdad con igualitarismos, como derechos y esencia.

Lo que he visto, me conmueve...

- He visto frio y caliente dentro de un jarro que hierve; y a las cacerolas sonando pues se queman hasta que el agua se les seque. He oído la voz del vientre culminando menesteres al poniente. Y a tripas, ombligo y genes, murientes al sentir que beben. Con sus floras y sus dientes mordiéndome lo que me queda de indigente.

- Alertándome, para que me alimente siempre aunque tenga fiebre, para que mire de frente los atardeceres.

– ¡Y para que vuelva sin hielo cuando el sol caliente!

- También he sufrido a veces extrañando a quien me quiere y olvidando a quien me pervierte el subconsciente, a los amores infieles y a los amigos ausentes cuando duele. A los pensares de a veces y a los recuerdos conscientes que se queden. Y es normal que no me deje y que aqueje cual doliente cuando nadie me consuele.

"Pues hasta a la flor de la Casiopea la he diseminado en estrellas al horizonte y sobre velas, le he podado las maneras para que ni espinas tenga cuando en mi cantero florezca. Para cuando vuelvan resueltas las tormentas pasajeras de otras épocas; no olvidar que la destreza salda cuentas que perennizaban secuelas."

- Solo pétalos de cera que se enciendan tras cometas, le dejé a la Casiopea en mi infinito de letras negras.

- Ya he matado en mi azotea hasta a una mosca frenética; y al Ratoncito Manteca lo he expulsado de la tienda porque se comía a cualquiera. He sentido en primavera que un amor nuevo me llega, el verano me he ido a verla y en otoño ha vuelto ella; y luego al adiós con flechas vi candela…

- Muerto de hambre en las nieves me han recogido al poniente; y entre ríos, con los peses, he remado como Hércules hasta el Mar de Amaneceres. A razón de mis deberes recurrentes, que apoyan a quien poco puede. Y de mis deseos perennes de atender a quien lo merece, si es urgente...

- *Ya he nublado hasta en abril atardeceres; y a destinos inconscientes les he dicho lo que quieren.*

- Ya he vertido mi paciencia sobre rieles, montado en el tren pedestre que me llevó a Cascabeles, el Condado maloliente donde las lenguas se pierden sabiendo que el chisme hiede. Y me he tirado del puente indiferente, pues la frente; frente al agua se sumerge, apretada cuando miedos le sugieren.

- Ya he visto calles llenas de gente quejándose porque nada tiene. Y me he vestido con las mejores pieles que los mercados nos truecan por billetes; porque el lujo es para ricos y el gusto para inteligentes. Y yo igual me lo permito aunque me celen, porque yo soy quien decido y no mi estilo.

– ¡Existencialista, e Idílico, que quiere decir ecléctico y creativo!

Quizás muchos ya me han visto y yo los he visto sin verles, pues nunca olvido el principio de visualizar mi especie antes de creer que mienten para verse como quieren. He visto hasta al bardo empírico cantar en conciertos breves; y a los amores delirios confundidos en la leche entre martirios...

- Pero lo último que he visto me conmueve; - *pues...*

- He visto al poeta en jefe sentado con dictadores; y a redentores rebeldes, sumiendo a poetas reyes.

– Pues yo vivo en la ciudad que al mundo enciende; y que me ilumina cuando duerme parte de este, para verles indiferentes.

Ni sociedades, ni patrias.

Con pepitas de carne viva quise esculpirme el cerebro en una pieza, para ponerme los nervios en un lugar donde estuvieran cerca de mi cabeza. Para que el morbo y el tedio se me alejaran del pecho, para sentir que si he hecho, otros lo reconocieron. Quise pensar al recuerdo, sin olvidar que al pasado no hay regreso.

– ¡Que no se dice dos veces lo ya expuesto sin complejos!

- Que todo tiene su tiempo, pues de ahora se va a luego, que hoy primitiva y mañana progresa y que vivirlo es de genios, no de necios. Y aunque no pueda lo intento, porque la sabia da versos tan profundos como eclécticos; y la voz nos da consejos para que vivamos viejos; hay que entender que los dedos, necesitan dormir serenos.

- Porque la razón sin frenos se accidenta ante el espejo, cuando ve que con dinero y hasta con sacos de pienso, se pueden comprar conventos que corrompan al Dios Bueno; y sus los fieles temerarios que se creyeron modelo en carne y huesos. Porque el intelecto da preceptos que hacen pensar al ser diestro, sin necesidad de ser torero.

- Porque los labios dan besos, a veces secos y a veces gélidos. Porque lo bueno da merito aunque no exista secreto, porque los años no mueren como el cuerpo, porque el amor es eterno y todos tienen derecho a verse envueltos. Adiós, manda el casamiento para quien lo asuma en serio; y poco importan los géneros.

- Quise lavarme el cerebro en un balde de agua hirviendo ante un tirano violento, para probar si corriendo me parecería a un perro, o a un Hidalgo caballero que quemaba pensamientos, porque no le dejaban tenerlos. Y comprendí que diciendo mi palabra ardía en fuego por el pueblo; y me declaré correcto, como los argumentos que defiendo.

- Esta sociedad me da miedo y su destino lo veo tétrico, no comprendo, no la entiendo y por eso no la integro, así deciden los ciervos del granero de este cuento a libro abierto. Se manifiesta al Congreso, en Asambleas hay secuestros, en Cementerios ministros, el Presidente se disimula en su castillo; y los mafiosos no limitan beneficios.

– ¿Con qué ganamos, con qué perdemos? ¿Vamos viéndolo?

- Solos con nuestros defecto no podemos, solos con nuestras virtudes se es misterio. Solo con romanticismo se es utópico, solo con los malos vicios deliramos carnaválicos. ¿Con qué ganamos, con qué perdemos? Si vivimos relativizando el arrebato; ¡y estimulándolo! El mal trato nos da asco, pero continuamos maltratándonos y entre guerras nos matamos.

- Y la miseria es un flagelo arcaico que ha perdurado, actualizado por gusanos, en los bancos que los autorizaron empleándolos.

– Cómo una Patria ejecutada en el cadalso por un paria, la libertad controlada persiste en la democracia; respetándola.

- Pero las leyes nos dilatan la amalgama, aduciendo a que es mejor preñar por nada, que casarse por amor aunque sin faldas; o con la salsa malsana anudada en la garganta. No los comprendo y es por eso que doy lata, no porque crea que no haya riesgo como en el calendario griego, solo porque enferma el alma de un dolor que conocemos existiendo.

"– ¡En el amor nadie manda; ¡ni sociedades, ni patrias!"

La madre

Tierna la mirada sumisa se embelesa ante su alteza, se siente mujer y hembra, dulce de pan y caricias, se siente madre divina y procreadora de esencias; seno de amor y flor de Riviera. Y le da besos a la vida, porque un buen hijo le ha entregado a manos llenas.

Piedra preciosa de delta, pequeñez de tu estatura, mansas cigüeñas viajeras te trajeron en su cesta. Y te dejaron allá arriba colgado de la chimenea; y a ríos que lagrimas llenan, lloraste para que te vieran dentro de ella. Lloraste como en cuentos y novelas.

- ¡Yo soy tu madre! ¿Recuerdas? La que te trajo al planeta, la que te portó en entrañas que luz legan.

- Yo soy tu madre, belleza; y tú fuiste mi placenta en otra época. Tú eres mi sangre y la razón de mi existencia, tú eres el ente que no espera para alocar la cabeza a quien te pierda. Tú eres mi presente de quimeras; y la pupila que mis labios adormentan.

- Y tú, mi bebé de mil delicias, tus eres la hiedra florecida que se erguirá por senderos hasta que el sol ponga el día. Tú eres mi deidad devota por la que viviré mis penas y sonrisas, por la que dejaré a las olas imaginar que al horizonte el puerto ahonda.

– ¡Porque por ti yo remuevo el cielo y trueno!

- Ven a mis brazos tez linda; y siente que mis manos te pintan en un oleo al mediodía. Sé que te pienso de prisa; y que te beso con tinta envuelta en rimas que inspiran tus caricias. Sé que tú eres mi herencia y la excepción de mis reglas; mi confitura Delicia. Yo soy tu madre, mi esencia, yo soy tu madre.

Yo soy tus pies y cabeza, yo soy la historia que piensas y que en memorias te lleva saliéndome de entre las piernas. Yo soy tu cuna, tu estrella y las venturas de tus aires. Yo soy tu madre y ya lo sabes, nunca te olvides de amarme aunque a otros mates.

- Nunca deje de respetarme, aunque yo te ponga en jaque. Nunca olvides al tocarte que yo te besé tinto en sangre, que grité como lo saben y que volé por los mares al pujarte. Y ahora miro que te tengo: Y te aprieto entre mis dedos; y te apreso con mis besos.

- Y canto oronda un bolero; y repito un yo te quiero mi hijo bello. Y te dedico estos versos y consejos…

- Yo soy tu madre sincera, la que te habla sin pena aunque la ataques con genios. Yo soy tu espada y tu estandarte, la que todo te perdonará, la que te curará las heridas y los males. Yo soy tu madre recuerda, quien te desea que en la vida seas grande.

- Pero nunca me defraudes, nunca seas un cobarde, nunca mientas al contarme; y dime siempre que haces. Porque los hijos sin madres son como flores que no llegan a secar sobre los arboles, pues brotan sombrías; y se caen sin podarles…

– ¡Yo soy tu madre mi esencia; yo soy tu madre…!

— ¡Al Rey de los Negros Buenos!

- He escuchado entre mil lágrimas que mi negro viejo se nos estaba hiendo.

 Que se le había caído el cuerpo en un vendaval de inviernos, sin cielo azul, pero con eternos espectros; y que el suelo rojo del infierno ya le estaba dando quieros. Con tierra fría, sin deshielos, para muertos. Qué pronto se irá al cementerio donde se les cierra el cuaderno a los seres que han vivido más de cien años contentos. Y donde se les ilumina el cuerpo con los truenos; y sus cerebros viajeros llegan al fin, a un lugar sereno en el destierro.

− Se le está cumpliendo el tiempo al Rey de los Negros Buenos, a aquel Señor de cemento que fue mi padre y mi abuelo.

 - Ya no entiende si le hablan, ni reconoce los términos, solo comprende que está más viejo; y que sus huesos expertos se están quedando sin fuego. Se le está acabando el juego al Rey de los Versos Tiernos, al joven militar Modesto, al Míster Lija con su cinturón de cuero; que siempre fue un buen modelo, para quien quiso acogerlo.

- Está apagándose entero el hombre fiero y derecho que nunca pactó con aquellos; ni con estos que aún tenemos y que nos desviven con cuento a los que vivimos lejos.

– Al guajiro terco y sin miedos, al Suárez Quiñónez arrabalero nacido allá por Abreus en el siglo de los éxodos. Al nieto de esclavos isleños, que vivió en grande su tiempo.

Al chico pobre del pueblo, al viejito del sombrero alero, a mi maestro torero, a mi abuelo que tanto quiero y hoy recuerdo; y hoy sus Santos africanos le terminan el trabajo. Y el Jesús que hay en su cuarto se crucifica rezando pues de rodillas ya está el párroco; y mi familia llorando, recuerda cuanto lo amaron. Las cornetas ya han sonado y la reverencia está hecha; vallase en paz del calvario buen cubano.

- *Ya se han puesto de rodillas e inclinado sus espaldas, ya han bajado sus cabezas y echado al ruedo las lanzas. Y con la diestra entre piernas entiendo gritos de pena, porque que el mejor ya nos deja.*

- Y pido que Dios nos devuelva una estrella tan ecléctica como la que iluminaba a su Alteza. Las cornetas ya han sonado y la reverencia está hecha; vallase en paz caballero a disfrutarlo. Mañana se irá con sus versos y yo no estaré para verlo, descanse en paz negro bueno, tendrá tiempo.

- *Mañana no habrá consuelos para lágrimas de nieto. No habrá sus besos de nuevo, de caballero contento. Ni vos que pueda traérmelo sonriendo; ni sol, ni luna, ni aromas, ni mis ojos en su entierro.*

– ¡Y el poeta estará en duelo, fundido en llanto y en silencio!

Candela y cuentos.

Que dolor tan contagioso estoy sintiendo en los ojos, el sueño me vence y lloro en la soledad de mi rostro; ya no veo, ya no oigo. Ya no sé si me conformo, o si me canso por todo. Ya no sé por qué demonios se me desangran en rojo, con lágrimas cruentas y odio.

−¡Ya no sé por qué me inmolo en mis adentros!

- Estoy sufriendo jocoso para consolar mi morbo, mi corazón tembloroso se ha sumergido en lo hondo de un pozo irónico, para latir en reposo. De las venas que me surcan brota lodo; y mis poros se han tupido con un gas toxico que acabó por volverme loco.

- Ya no sé ni por qué oro, si un diablo triste y despótico me ha incrustado el pensamiento y no recuerdo el respeto. Ya no sé si me equivoco, si soy así o es que otro me ha matado hasta el aliento. Nada soy y nada tengo, solo dedos para versos y un cerebro reverbero.

- Y veo candela; y ardo en mis cuentos.

La muerte errática.

- La barba blanca, las manos largas y la piel vieja arrugada.

La frente plana, la espalda alta y las piernas ya cansadas de mañanas. Se mueve pero no habla pues su cerebro no capta, su cuerpo tarda en llegar hasta el nirvana, hasta ese lugar sin etapas donde vagan las almas osadas que aunque mueren no descansan; adiós dolor y añoranzas.

– Cuando la muy viva acabe por dar su pálida cara congelada.

Atrás quedarán temporadas en la playa, odios, rencores y andanzas. Los amigos, los amores, los defectos, las virtudes y la gracia. Atrás quedará la vejes tan sedentaria y los tantos años pasados en piyama. Se cree, se huele y se derrama en la paciencia de una lágrima llorada.

Ya hasta el diván color malva ha perdido su elegancia; y el viejo piano de sala ya no da sus notas altas. Ya las nostalgias se escapan pues y se va acercando a la nada; y solo en un rincón de la cama él llama a la muerte al pensarla. Y ella llegará, aunque la espera sea larga…

– ¡Y al saludar dirá basta, se acabó lo que se daba!

Ensueños y rostros quiméricos

Al borde de un riachuelo que pasa por detrás del pueblo, los peces nadan serenos viendo gozar sin complejos a los humanos auténticos. Sin mascaras, ni libros viejos, sin bufandas, ni amuletos. Y sin decir que ganaremos lo que no tienen los muertos, la gloria que no lleva al cielo, desde el anonimato encubierto de la eternidad que en pretérito vivieron; hecha de sueños no hechos…

- En otros tiempos más bellos, sobre otros suelos, viviendo.

Caramba que bien me siento, porque al fin me comprendieron, yo pretendo a mi destino darle un puerto, como todo marinero integro. Pero siempre lo recuerdo, aquí nadie es dios profético, ni más listo, ni más bueno, ni más serio que el veneno. Aquí nadie sabe para dónde girará el pescuezo, que se yergue a viento en pecho a mar abierto; ni los amores remedios, de los adictos al beso.

Y a que nadie sabe donde un cuerpo entero, dejó al pellejo sin huesos, a la maquina sin frenos y a la mirada a lo lejos. Y a que nadie sabe dónde encontrar sesos huecos, ya que justo en la cabeza los metieron, para los pobres amnésicos. ¡Debilidad que tenemos! Aquí nadie tiene el don de ser perfecto, porque nadie ha alzado un premio reconociendo defectos; y sus deseos de perderlos.

- ¡Mírense bien y griten alto, pues es necesario vencerlos!

Al costado del cementerio de la salida del pueblo, hay un bosque de maderas secos donde todo huele a leño, a hierba quemada en celos, a recovecos pudriendo y a tierra infértil sin estiércol. A banderas que se izaron con los dedos presos, a las sumas de pasados desprovistos; y al universo esperando al día acordado, para enviarnos al carajo sin pensarlo tanto; fuego fatuos, no son santos...

– ¡Porque un rayo no se truena en vano en el calvario…!

En la jungla troglodita de bolsillo, defenderse suena indigno y es mal visto, yo me rio, me rio y me tiro al piso enmudecido. Me aclimato, me diluyo y me pellizco, reiterando que sumirse es de mendigos. Y vuelvo al rio y me indigno; y reafirmo que la voz sirve al tintero, que la esencia vale más que el sufrimiento, que tenerlos no se cambia por dinero; desangrando la razón sobre lo negro.

- Contando quimeras y ensueños, por los senderos de un lienzo.

Entre amigos.

Yo no pido nada a nadie que no tenga sus dos manos, dispuestas a abrirse tan grandes como la razón de mis cantos. Yo no le doy nada a alguien que piense que me regalo, o que el valor del trabajo no se mide como párrafos. Si vendo mis versos gano, sino los guardo en poemarios; y me evito así los daños malpensados… - ¡Y no voy nunca al combate si no estoy bien preparado!

No entiendo nunca de bandos que obren por separado, no me apego a los premiados y no adulo con halagos, no me perturba el dinero y a fin de mes nunca tengo, pero si busco a tenerlo me convenzo. Me aseguro el no robarlo y el merecerme lo que obtengo. Yo soy todo un caballero ecléctico, que reivindica sus preceptos serios.

- Ayer me dijeron esto; - ¡y he respondido, comprendo! Que más te vale el bien serlo, si no siendo casi nunca se es sincero. Te comprendo compañero, le respondí conociendo sus secretos. Adivinando sus días muertos en pasarelas con filo, tubos de laboratorio, alas sobre precipicios con hondos fondos vacios. Hierbas, cristales, ladrillos; y ceniceros antiguos, llenos de cigarrillos fríos.

- Pide otro trago y yo lo pongo, con una seña me dijo.

Que el segundo sabrá a litros por tantos años perdidos, pues la amistad de los amigos sabe a los más caros vinos, a los licores más finos y a los sueños con las hadas bohemias del paraíso, porque en el infierno nadie pide un angelito de marido. Cuando el amor al recuerdo llora en serio, desdichados los domingos vagan ebrios… - ¡Como los amigos viejos siempre han hecho!

Dos tragos más, la boca, el cielo, la tierra y muertos que algún día nos conocieron. Las guitarras que trajeron los rancheros, el sermón de las buenas noches y el hasta luego. La distancia que se esconde tras el viento, las respuestas que al teléfono dan credo, los caminos que se pierden pendencieros, sin quererlo. La vejes, la intimidad, el cuento, el juego. Las sonrisas, la lealtad, la mano ardiendo; a quien piense que al robar se mata el sello, que recuerde que al llegar llama el cartero. Yo no pido nada a nadie y no comprendo, que la sombra y la maldad pongan con huevos. Y al final siempre nos queda aquel momento, para luego.

Hierbas, cristales, ladrillos; y ceniceros antiguos, llenos de cigarrillos fríos. Cuando el amor al recuerdo llora en serio, desdichados los domingos vagan ebrios, por el infinito del litro aparecido. Así me dijo un amigo bueno la última vez que nos vimos un día lindo, entre bodega y meceros; y ardiendo en fuego el cerebro y la garganta.

- Y las guitarras que trajeron los rancheros, entre copas e ilusión fueron rasgadas, como al final siempre pasa.

Sheryl Omega

A ella la llaman Sheryl Omega, la Dulcinea, la más completa, la prosa en versos, la letra griega, la del velo que agua fiestas que no quiera. La que desdeña, la que no espera, la que no olvidan, la que no dejan. La puerta abierta a sabiendas que alguien llegará una hora y media; y saldrá a tres cuartos de ella, de su cuarto de leyendas veinteañeras fotogénicas...

- Piernas abiertas, la espalda a cuesta. Sobre el diván o la hierba, sobre muros o madera; con sus maneras de hembra.

Cuando la miran se desaltera y su rostro se embelesa; y nunca duerme la noche entera si sus caderas le tientan. Y ella se ilumina amnésica como luna llena de juergas; y se cree fiera en la selva, si a su felina la despiertan. La loba ebria que aúlla afuera en la azotea, la caballota molesta que trotamundos sin penas; la de la placenta gélida que gotea…

- La que si muerde envenena, la de la lengua contenta; y la de la corbata bohemia que entre tijeras enreda costureras.

- Sheryl Omega, Lucy Candela, el mar de esperma, así la llaman en la escuela y en la verja. Pues en su casa, si la verdad conocieran, se llama María Prudencia Dolores Reina, la de las tristezas ciegas y la soledad perfecta. La que más llora, la que más cela, pues el hombre que ella ama la desprecia; y otros nombres pegan bien para esconderla.

– ¡Sheryl Omega!

- La más loca de las bota flemas que aflojan las portañuelas.

La criatura que me aterra hasta en poemas; y cada letra la cuenta, el pelo lacio y el pecho en venas, viniendo a horas más quietas y desbordándose entera por la puerta; si mis ventanas se cierran cuando llega. Más tarde, porque ahora a otros se entrega en financiera; y yo me olvido de ella hasta que vuelva, para quitarle las ligas de sus medias…

Porque no me gusta verla cuando su belleza quiera, pues su pecho arde en dilemas que envenenan; y yo no pago tristezas, ni por las mejores piernas, ni por corbatas bohemias entalladas a caderas homogéneas. María Prudencia Dolores Reina, el termómetro que enferma en la escalera, la fiera cruenta que al cazarla se convierte en hiena…

- La pretendida doncella, con nombres que no imaginan y apellido de mentira en letra griega de otras épocas...

– Sheryl Omega… ¡La que su turno le llega cuando espera!

- María Prudencia Dolores Reina, es la misma, si la encuentran.

Cuando partes...

Dame pedazos de labios, aciertos, meses del año; y fija tus ojos al mirarnos hasta que nos quedemos atontados y callados meditando a algún presagio. Y dame tus dedos, tus manos; y dame tu cuerpo de nardo para en un jardín plantártelo. Y dame tu pecho sudado para refrescarte bañándolo, con sales de baño y pétalos morados de las rosas que te traigo.

Y dame tu rostro que extraño para en recuerdos ornarte un beso lánguido, recordando el rojo acuario de tu carne de pecados. Dame si tienes tu planes y tu corazón flechado, dame tu amor desangrando y tu cerebro borracho. Dame la niña que invade tus verdes ojos de gata, dame la leche, la nata y la baba de tus ganas ávidas; colmadas de melaza orgásmica.

- Dame Milsueños regados por el Edén de tus partes; y déjate amar a mi lado como solíamos hacer antes.

Dame tu voz, sus recados, dame palabras y háblame, como si fuéramos naipes que al encontrarse regados, se dan la vuelta y comparten sin desaires. Y déjame volver sin guantes para acariciarte con mi arte donde sabes. Dame tu piel miel de fiebre que florece en atardeceres y amanece floreciente. Y toma las brizas de mi sombra que al poniente se distraen para verte.

Dame de amor besos grandes y regresa aquí a mi lado ante que sane; y toma en versos mis frases que en ti laten. Y dale al duende tu mano, al poeta tu estandarte; y dale al hombre que encarno la dulzura embelesánte de tu encanto ahora distante. La vida sin ti es pesante y mi pensar no quiere a nadie, solo deseo tu regreso y que al volver vuelen aves hacia el aire; susurrándote…

"– *Tú lo enfermaste y es grave; cura sus alas y amale…*"

- ¡Y dame más si te place, pues te extraño cuando partes!

La parisina.

Cuerpo de verde vestido, de piel cubierto por dentro, de fino hilo tejido, de seda y yemas de dedos que lo tocan con aprecio y amor bueno. Tranparente su esqueleto le da filo a mi ojo clínico, habla con voz sin acentos, se sienta y comienza el rito. Y me inspira versos nuevos, que frente al Sena recita dejándome enmudecido.

Fundido en ella el recuerdo, colmándola con mis cuentos místicos, haciendo guiños de cuello frente a su rostro divino. Desnudándola me veo cuando pienso a sus labios bellos, vueltos besos con misterio, de los robados mordiendo. Disimulo y armo el juego, le digo esto y aquello, niego, acepto y me apodero. Me vuelvo ramo, florero y amuleto. Me vuelo y me envicio en rezos de enmaromarle el cerebro y tenerla si es que puedo. Me voy con ella al sendero que llega hasta el Monte Gélido; tierno destino que tenemos. Y en gelatina de versos me esparzo en verbos eclécticos, todos dicen yo te quiero, todos ruegan ver su Venus.

Su voz melódica advierto cuando me acerca su espíritu a luz de dicha y oídos, sus piernas cerca del fuego; y yo sabiendo que tiemblo, ardo en clamores oníricos. Me da su mano y la tengo, sale corriendo al reflejo, la vuelco a mí y la retiro, el espejo frente al pecho; la siento cerca del leño y yo me quemo...

Deseo verla sonriendo y no en recuerdos, inventarle otros

momentos y otros juegos. Desvivirla, acalorarla, darle crédito. Adorarla, enamorarla y hervir luego. Y en su lecho poner huevos, rosas, queso; sobre su pecho de ensueños que alimento. La deseo cuando suelta sus cabellos, sus largos cabellos que pretendo en caballero. Sus lacios cabellos sueltos ondean al viento frenéticos sobre la rampa del rio. Son dorados como un premio olímpico a la virtud del espíritu deportivo y al buen gesto que dedico, su espectro me vuelve rico y ante su adiós me empobrezco y pongo viejo. Sus ojos son dos colirios que me consuelan lo dicho con un beso.

- ¡Y le reitero un yo te quiero; a locos nervios pidiéndoselo!

− Paris predice lo eterno lleno de piedras y mitos; y me resigno a creerlo, porque lo bello es efímero.

La parisina es el símbolo que esta ciudad me ha cedido para confirmar que existo aunque esté lejos, me ha susurrado al oído y convertido en hombre creso, he recitado despierto frente a un Sena a cielo abierto y florecido. Pidiendo tener sus besos para darle los que intento, llenos de amor infinito y duradero… ¡Porque les juro que es serio, quiero vivirla al dedillo. En mil momentos idílicos por otros pueblos distintos; la parisina es un florero ornado de Milsueños míticos, de un lirico embeleso ebrio. La parisina es un reto que no se gana perdiendo el tiempo, pues solo con versos bohemios llenos de besos sinceros sobre su cuerpo de ensueño; se encuentra el buen argumento.

- Y a puros dedos la tengo, llenando mi tintero seco.

Cenizas de hembra

Como me apena el silencio sobre todo si es impuesto, tú me has dejado sufriendo y yo te quiero hablar de eso. Mira fijo que ojos cierro, que beso el cielo sin verlo tapándolo con mis dedos. Mira fijo que ojos cierro pues me has dejado muriendo, olvidando sentimientos; y sin remedio, petrificada en un verso.

Y entre linfas mis adentros se revelan, si te sigo no seré más que tu prenda. Si te dejo vivirás aun en mi ausencia, si me alejo es porque siento que me quemas. Que no puedo continuar a ser tu leña negra, ni la triste chimenea donde aquejas. Perla en un collar de arena, sobria y tierna; cual reliquia…

- ¡Pues tu almohada la gobierna otra doncella! Y yo, a quien solo cuentas penas: ¿Qué queda de mi leyenda?; si estoy muerta y tú me muestras…

– ¡Vuelta cenizas de hembra!

Aquel candor partió al adiós a otra morada, ya no me amas, ni me hace falta. Ya nada queda y yo sin ti vuelo a mis anchas, por noches largas, en dulces sabanas; blancas de ganas en natas. Cierra los ojos y recuerda mi mirada, si vez es larga, nada me escapa; ya pararon de llorar mis niñas sol y plata.

- Pues cuando sueltan a la esclava, esta siempre olvida las desgracias. Cálate y calla pues te he amado sin ver nada y no soy ciega, date la espalda y deja libre mi existencia...

Le quedan alas a mi Fénix de contiendas, me inmolo helénica y de dolor llena de penas, polvos del alma me substraen las esperanzas, de amor atadas las palabras se me escapan. Date la espalda, no des las gracias, no finjas lagrimas que ya no hay tantas; y no vuelvas a dejar más a otras necias desdichadas.

– ¡Vuelta cenizas de hembra...!

- En tu chimenea semántica, con la leña ya apagada.

Que escena cuento no vista.

- Qué vil alarde la risa, que sordo el oído terco, que hondo veo el fondo deshecho de un balde de agua marina, que ha pecho entero y sediento me han vertido entre mis rimas; y todo se me ha ido al suelo, entre desconsuelo y cuentos bohemios.

- Que escena cuento no vista, que decepción, que mareos. El pez más grande y más grueso no se compara al pecado de los humanos plebeyos, la ambición que cría cuervos, pierdes los ojos un día; y nadie paga por ello, ni un kilo prieto y pequeño.

- Porque nadie la quería, porque hiso daño al ser bueno; porque se burló del beso y del te quiero.

Pero mis dedos que riman, aunque muera sin sonrisas; siempre inspirarán la vida envuelta en dicha y agradecida. Porque mi verso es semilla, porque en vena mi poesía lleva vida; y aunque le cambien las letras, mi estilo firma por ellas.

- Que escena cuento no vista, que sinrazón de rutina; vi Pelícano a la vista, sin saber que el barco se hundía. Que idiota la cabeza mía que no acepta que el poeta es un esclavo de las silabas; y que mientras más alimenta, más pericias desafía.

− Que injusta es la poca esencia y la delgadez de la envidia y de las alergias a las alegrías; y la mentira.

¿Quien pensó que describiría lo que no dijo un profeta en tablas métricas, quien adivinó las cuentas que en la clase no aprendía cuando aún iba a la escuela? ¿Y quién que se dijo que sabría, descubrió la verdad concreta de la realidad moderna?

- Que época más podrida en la que nuestros niños juegan, que desencanto en placentas a quienes vendrán les espera. Qué pena cruenta si fuera esta la ultima de mis frases poéticas. Que escena cuento no vista, que sinrazón de rutina, que espina pérfida.

– Vi Pelícano a la vista sin saber que el barco se hundía; la rima muerta en su tinta, las hojas secas rendidas.

Pero mis dedos que riman, aunque muera sin sonrisas; siempre inspirarán la vida envuelta en dicha y agradecida. Porque mi verso es semilla, porque en vena mi poesía lleva vida; y aunque me roben la tinta, con sangre firmaré mis rimas.

Siempre hay motivos.

Que vida llevo sin pedirla me dijo un amigo un día al sentarse sobre una silla con las cuatro patas partidas, ya estoy cansado de ella y no me aguantan las piernas. Quiero vivirla más bella, sin tantas penas violentas. Sin torturas, sin lamentos; con vergüenza.

Con sus rosas con espinas que la existencia me inspiran, pero sin peros ni alergias a la felicidad y a la espera. Con sus aromas, con sus esencias, con lágrimas vertidas nítidas y no con retoricas ligeras; y sin la sinrazón que exaspera mi paciente inteligencia.

Quiero cortarme las venas para con sangre hecha tinta dibujarte una escena pistoresca, quiero que escuches y leas la página de mi tragedia y no juzgues conveniencias. Pues mis temas de consciencia son mi esfera y mi universo de firmezas; y las letras de mi lema.

- Que en mi cabeza dan vueltas sin movérmela.

Mis principios y estrategias, mis sinsabores y sin maneras. Mi buena fe y mi nobleza y el desamor que me condena a la tristeza por no ser un ser cualquiera, por no creer lo que esperan los profetas. Por no sumirme ante las fieras, por no plegarme a la cuerda.

- Por no clamar vuestra alteza sírvase la mesa llena; y olvídese si no queda, aunque mi hambre sea cruenta.

- Quiero cambiarla me dijo, pero no hay otras más buenas; y si las hay, aunque quiera yo tenerlas, no soy de ellas. Llevo una vida que vaga con rumbo derecha a izquierda; y en solitario a la almohada me apego en las noches largas, a soñar con la esperanza.

- Quiero cambiarla me dijo, pero si el destino me aplica el adjetivo preciso. Si me acepta el soy ejemplo y bien predico. Si me asiento, si me vuelvo al precipicio y ya dormido me deslizo al infinito de un abismo colorido; y te invito. Y si no vienes no hay problema, yo me tiro.

 Y en el cielo seré libre como quiero, ingrávido como mi ombligo endurecido; y feliz de al fin volar en Fénix mítico. De sentirme un verso lirico vivido, de surcar el aire azul verde delirio; y posarme en el jardín de los idilios, en el nido en que nací y donde revivo…

 A escuchar los trinos susurrados por el viento, los que el tiempo que ha pasado aun no ha traído. Y a ser cimiento de un nuevo ciclo prolífico, sin adivinos ni mitos. A ser quien soy sin olvido, sin olvidar que otros viven mientras yo existo; y a respetar lo que han dicho.

– Y así se fue, tal como vino; a buscarle al corazón otros motivos. A pintarse una ilusión en sangre tinto, a contar por qué al adiós nunca volvimos. A buscarse algún amor tras sol y pinos, a cortar la rosa roja de su signo; y a plantarla en el jardín de los idilios…

– Quiero cambiarla me dijo; - quiero ser libre al dedillo…

- Ayer lo vi, se echó al camino con motivos definidos; siempre los mismos, los de su estilo, con sacrificios.

Maromeros y Cabecillas.

Siempre he creído al Caudillo, más tirano que ángel necio, más sátrapa que señor digno y más diablo que santo mítico que merezca ser entronizado en el Olimpo. Siempre me han dicho que ellos no cumplen con pactos políticos, que sus designios son suyos tanto como sus partidos; y que sus propios defectos, son las sombras de sus miedos. Que ninguneando a sus ciervos los adulteran con ritos, que van creándose un mito hundiendo campos adversos, pues si alguien habla de ellos puede darse hasta por muerto y en su destierro dando gritos. Cabecillas, Maromeros, cuartos menguantes del cielo, cerebros enfermos de celos, sed de poder y conceptos altaneros; llenos de vicios obsoletos.

No reconozco sus signos, pero si sé que son malignos y embusteros, egocéntricos, perversos y bélicos… Que sus secretos de abrigo más que calor nos dan frio, que en el obelisco a sus delirios muerden una rama de olivo, que el martirio y el egoísmo son sus términos preferidos; y que a la izquierda del himno late un corazón nocivo, llenos de herpes y cínico. Como sus dilemas ridículos, sobre la eternidad de sus ombligos célicos empobrecidos.

– ¡Pobres pueblos que han tenido que vivirlos…!

Acróbatas del pensamiento, demagogos cuenta libros, sepan que perdidos y extintos, todos los modelos pierden sus principios. Y que el recuerdo al olvido no da memoria, cuando el sueño edulcora sus sentidos. Pues muertos, legan a sus ciervos el castillo; y todo cambia a distinto, a diferente y atípico, como en los casos perdidos. Toda ambigüedad es pura coincidencia de motivos, toda semejanza es unidad en los criterios sostenidos. Todo lo desconocido se desafía en el trayecto, pues los individuos políticos son como niños que jugando se pusieron viejos, soñando hacer mal sin serlo. Pero cada caudillo es un mal hijo, que a su patria crea tormentos aun sabiéndolo.

- Masacrándole el destino a este universo enrarecido.

Pluma de Ciervo

- Mis ancestros me exigieron de llegar hasta estos predios, de fundirme con su pueblo y de comprobar lo que han hecho. Me comentaron en serio de encomendarlos al suelo, de jurar que no hay eterno y de no creer si alguien dice que lo ha visto en carne hueso, sin alas bajar del cielo.

- Mis ancestros en convenio me han enviado al laberinto callejero de estos tiempos, me pidieron de cuidarme de los perros, de los magnates histéricos, de las hembras medio peso y de los barones con celos. Me vistieron de pretérito, con lanza, plumaje y maquillaje de cuentos… Y adjuraron de la ira, para convertirme en genio.

 Un teléfono, un boleto y un pasaporte me dieron, para si me daban por muerto que pudiera escaparme del infierno, dejando atrás los lamentos y los ruegos que provocan los tormentos. Mis ancestros me creyeron el dios de los cuatro vientos, el trotamundos moderno. ¡Pero qué gran error hicieron; no los comprendo!

- Pues ya no soy más que un ciervo que en su monte se comieron los insectos, un depresivo andariego con viejos aires bohemios. Mis ancestros no supieron lo que los humanos hicieron del calendario genético perfecto, pues murieron sucedidos, sumergidos por el clérigo. Y obsoleto caducó hasta el cementerio, pues sin dinero ya no hay tierra para luego; y el cielo se cubrió de negro.

- Mis ancestros me mintieron, pues me enviaron de genio sin darme el secreto del ser bueno. De la libertad con derechos, del respeto al precepto ajeno, del todo que por ser nuestro a pecho lo defendemos. Y de cómo evitar lo opuesto, si al final todos queremos que sea bello. Mis ancestros eran ciegos, pues nunca quisieron verlo; y ahora no soy más que un ciervo, vestido de caballero.

Refrán retorico.

– ¡Año nuevo, vida nueva!

- Así reza un viejo lema, que quien bien quiera se cuenta.

Sueños nuevos, transparencia, sol de verano y praderas, todos esperamos del nuevo año que no sea como el pasado. O que seamos mejor pagados, que triunfe al fin el trabajo y que los dolores no sean tantos. Así el refrán será franco y veremos realizados nuestros presagios…

- Y viviremos del campo; y no nos cansaremos de amarnos.

– Año nuevo vida nueva, prosperidad y regalos.

Pero el invierno aún no ha terminado y las frías nieves aún congelan las estepas. El mes pasado hubo huelgas y en el próximo quizás habrá palos, pues el año terminado ha sido un juego de metas no resueltas. Y de penas duraderas que seguirán recordando, que en verdad nada ha cambiado…

Ayer nada se vio claro, hoy desvivimos embriagados. Pero mañana la fecha recogerá al calendario estrujado en el cadalso, ejecutado por lo inhumano y el mal trato, que en estos tiempos son amos. Y por los estados bancarios que no economizan los daños; por ti, por mi y por salados.

Por los presidentes de facto y los patrones tiránicos. Y por todo aquel ciudadano que no respete los pactos que acordamos como entes solidarios, el calendario del que hablo, se nos irá un día al carajo. Y contaremos los años con los que nos endeudamos; y mutamos progresando...

- Recuerda el año pasado; y verás cómo has cambiado.

– ¡Año nuevo vida nueva, eternidad y paciencia!

- Si lo repito lo cambio; y la meta será ver hasta que muera.

Doña Ninguna, Doña Nadie y Doña Nada.

Vino a libar al jardín donde me roció al alba, vio el monumento al jazmín y a su pulcra fragancia, posó sus alas en él y languideció extraviada; y luego voló hacia el adiós y no dijo palabra. Sola a su mundo volvió, su torpe hembra que escapa.

- Y ya ni sé si murió, pues nunca dijo palabras…

Yo sus pétalos abrí envueltos en miel de mañanas, sangre endiablada en andanzas llenas de morbo y mundanas. Y entre sabanas blancas y gracia me enternecí entre sus alas, en su arcoíris de trampas y de silencio que vaga, por una estampa en desgracia.

- Porque oscureció mi abril y a mi marzo trajo ansias; y el año entero en cascadas mi lagrimal hiso aguas.

- Ella voló hacia el adiós sin decir que me olvidaba; y me quedé aquí pensándola, vertido en ganas.

– Doña Ninguna, Doña Nadie y Doña Nada; la pluma larga, que vuela ingrávida. La prenda cara portada en faldas elásticas; la las tres en una, la piel les falta. Doña Ninguna, Doña Nadie y Doña Nada; dolor que mata mi alma, ya me olvidé de tu cara.

- Parte confiada, no habrá más cartas al alba.

– Doña Ninguna, Doña Nadie y Doña Nada; maja desnuda, vestida clásica. La luz, la bruma y las cigarras con las garganta anudadas, cantos de cuna, nanas nostálgicas. Vuela mariposa cándida sobre rosas deshojada; liba de amor temporadas.

- Y vuelve a mi cuando caigas, que alas de verde esperanza te traerán a mi cama.

– Doña Ninguna, Doña Nadie y Doña Nada; vino a libar miel del alma a mi jardín de mañanas. Y luego voló a la distancia y languideció extraviada; y me olvidé de su cara, de su silueta volcánica y de su belleza de hada mágica agraciada…

– Doña Ninguna, Doña Nadie y Doña Nada; suelo pensarte sin buscar por donde andas…

Se me ennegreció la estampa como en las cartas quemadas. Le apagaste la llama a mi alma y me dejaste en la distancia sin decir que me olvidabas, tu voz me ocupa, tu piel me falta. Tus uñas largas por mi espalda ya no rayan. ¡Ya no me encantas!

– Doña Ninguna, Doña Nadie y Doña Nada.

Intimidad enlutada

Salado el mar, que salado, que largo es el trago amargo que aquí callada me estoy dando. Calmado el viento no hay árbol, con el copo lleno de hojas si el frio invierno ha comenzado; se me han caído secando, pues el otoño pasado fue nostálgico…

Amado amor desangrado, cuerdas, guitarras y bardos. Fantasías y marasmos, ríos de tristeza y lluvias de llantos trágicos. Pensamientos sin orgasmos, sexo a la mano y clímax mesiánico torturado; tatuado al seno mi corazón romántico.

- Y hoy, sobre los botones morados del rosal de mis quebrantos; las mariposas volando ven pecados.

Pues solo con pensar al dedo, mi vientre ya ha dilatado; las veo de lejos, las engaño, me acaricio y ya alocada me despliego como un arco en solitario. Caen del puerto ramos blancos, se ven los peces nadando entre las algas del lago…

Y a mí en sirena en un barco que en noviembre sigue anclado, varada entre corales cárnicos; la voz pérdida silbando, con mi cabellera remando hacia un pantano. Y al terminar nada cambió, ni en solitario, vine y volví a mi entreacto de teatro.

Me extasié y callé sin pensarlo, pues sus letras de poemas me recuentan mis demonios de hembra. Mi amado amor desangrado, cortada a manos y en trizas te entrego el cetro y me apago; y agotada la mirada pues tentándolo, vi mis entrañas sanando.

Y el trago amargo del vaso espera aún por mis labio renegados, que están dispuestos a olvidar que hay que tomárselo. Tu loco don me ha dejado un hueco grande y humeando, en el fondo de mi espacio reservado; y mi intimida enluta a diario.

– Pues no encuentro ya consuelo, ni dilatando.

La ex novia aquella.

- Ya no la piensa, ya no la añora, ahora su ex novia ama a otro y le es ajena a su cabeza. Por el camino no se cruzan cada día, ni se preguntan si les gusta la comida. Ya no la piensa, así es la vida; torpe sufrida, sin su presencia. Y hoy es revista donde cuenta viejas penas, leyendas de hembras y vivencias veinteañeras; y olvido a secas, como cualquiera.

- Ya no la piensa, ya no la llama mi reina, ya no le peina sus trenzas, ni da a su rostro sonrisas. No recuerda sus caderas, ni su pecho miel de abeja, ni sus dulces manos de hembra, ni sus labios liba y sueña. Ya no le ruega entrepiernas, ni entre sus brazos se marea si le da un beso y se acerca; pues todo amnésico frena…

Y ahora es la ex novia viajera que como a otras recuerda, la tarde aquella en la acera labios con labios sus lenguas, las noches largas en el delta del rio de las promesas tiernas, o gimiendo como me la cuenta cada vez que habla de ella. De su alma romancera y de su calor que quema; y de los tiempos de otra época, que el presente no renueva.

– Ya no la piensa, ya no la espera, ya no es su meta.

Ahora se inventa otros domingos y otras fiestas, se va de juerga con amigos y sin ella, pues ya no cuenta, ella es ajena y eso a él no le interesa. La ingrata espera hiso olvidar toda promesa, la mesa entera se sirvió de entrañas negras, de dolores de cabeza, de amor a ciegas y de tristezas frenéticas; y no la piensa a sabiendas…

– La llama la ex novia bella, la que murió sin ser vieja.

La divina plenitud de sus creencias, la maja mística que al sol le encendía velas, la flor de nata que hacia gárgaras de savia, la buena buena, la mala mala, la santa diabla. La melodía, la canción, la serenata, el viaje al alba, la vuelta a casa. Y ahora la llama, se apaga y calla; ya no la piensa, si nadie de ella le habla y se la alaba.

- Y ahora la llama la ex novia bella, la que murió sin ser vieja, la maja mística que al sol le encendía velas.

- La flor de nata que hacia gárgaras de sabia, la buena buena, la mala mala, la santa diabla; la ex novia aquella.

– La que no piensa, pero que si extraña aunque no aqueja.

Lamentos de viejos fuegos...

Se te ha extraviado la cinta con la que enlazaba tus besos, y las rosas de tu cuerpo ya no florecen tan lindas. El corte de tu camisa ya no te porta la espalda; y no ondulas más tu falda incurvando tus delicias. Ya no humedecen las entrañas que con mis dedos palpaba, dulcemente a contratiempo; orgasmizando con juegos cuando mojabas mis sabanas...

Ya no despeinas los cabellos que tu pecho calentaban, ya no explotan los estruendos de tus caderas de hadas. Ya no mata aquel veneno lleno de un dulce que ensalza, que volvió loco a los cuerdos y a los tontos les dio alas para soñar con tus fuegos; pensando a ti en el mañana, deleitando tus deseos. Ya nada tiene remedio; y hasta el tedio te arrebata y yo me alejo.

Lentamente taconeando te vas perdiendo en lo muerto; y se te va alejando el tiempo en que otros aires soplaban en tu reino de lamentos; cual coronación de las trampas excesivas de tu cerebro, que se considera eterno. Desnudes sin desentado y ruegos de sufrimientos, que enmudecían los milagros con tus tormentosos lamentos; y ya no te quiero por eso…

- Ya se acabaron tus cuentos; y no volverán los misterios que te encendían los senos, bajo volcanes de incienso gélido.

Muda y desnuda.

- Muda y desnuda, así me dejó al partir mi Casanova.

 Triste y atónita, pues no quiso descansarse ni una hora, a la sombra mi piel que no controla, cuando con sus manos me toca. Se fue y me dejó aquí sola encendida en mis penumbras, vuelta sin velo a las dudas de los amores que adjuran de las nupcias.

 Pensativa y taciturna, me he quedado con la rosa a la cintura; y mi vientre se destroza hemorrágico y hambriento. Me ha calado el sufrimiento entre las dunas del pecho, me he quedado sin aliento cuando me respondió que la hora, era tarde para juegos.

 Y ahora lo pienso, muda y desnuda, fundida en un llanto cruento porque al adiós me envió besos sin complejos. Y ahora lo siento, que no fui más que un momento de puro sexo y deseos. Pues me tatuó todo el cuerpo de unas brumas que marchitan sangre y vellos.

 Ya no lo acepto, pues los sentimientos sin tiempo no presagian futuros bellos; y aunque lo quiera reitero, que por mi cuerpo nunca más verá sus dedos. Ya no lo acepto, pues mi estufa se apagó falta de fuego, pues a dos se vive el beso duradero; si se ensaliva el momento.

- ¡Y ahora recuento!

Pues del sueño desperté y miré a lo lejos; y lo vi incierto, pleno de esfuerzos. Pues a solas me quedé como torera, dentro del ruedo, frente a un cuerno que me hirió los sentimientos. Y ahora lo cuelgo, en un cuadro ya vacio, en blanco, en neutro y en negro.

- ¡Y ahora me veo, en musa lucida, sin más lamentos!

– Sola y sin él, pero devota del respeto; como merezco.

Que pobre muchacha.

La pobre muchacha del verso no hablaba, perdida en montañas de nieve vagaba, callaba en silencio sin ver que mi alma, por ella lloraba rendida y errática. Buscándola ando por parques y plazas, rogando, rezando y pidiendo encontrarla.

La pobre muchacha tomó un tren al alba, se fue de parranda al Casino de Francia, se llevó maletas, tacones y bufandas; la pobre mucha no dijo palabra. Se fue de parranda al Casino de Francia. Se fue y se olvidó que una nota esperaba, canté una canción contemplando su cara, fumé un porro al sol, me quemé, di palmadas; y sentí mis poros transpirarla. E imaginé su sonrisa regalada a boca ancha, su pelo suelto, sus piernas largas. Y el verde intenso de su mirada romántica, regando magia; mojando camas, tendida en sabanas.

Allá en el Casino de Francia, enseñoreada en la playa, la vi en un juego; y a otro hombre amaba. Qué pobre muchacha que creyó que iba a extrañarla; perdió, no celo. Pero mis versos no tendrá más en su almohada; ni mis besos, ni mis ganas de mimarla. Que lánguida tonada, la melodía no he encontrado hoy sin su arpa…

La pobre muchacha del verso no hablaba, se fue de parranda al Casino de Francia, se fue sin quemarse en mi roca volcánica; y aquí me quedé sin decir que inflamaba. Qué torpe, muchacha. Que melodía tan lánguida, qué tiempo sin gracias me regalas. - ¡Solo me queda desearte, que bien te vayas!

Tu ausencia

Te ausentas, me olvidas. Te llamo, no me hablas y cuelgas con prisa. Te vas de gira en tu coche a fiestas cualquieras, pues siempre que te invita algún hombre a ciegas aceptas; te dices que nadie te quiere y los ves aunque mientan. Ya sé que con otro por horas te encuentras las noches, que suerte bendita que él tiene de tenerte cerca; bien cerca.

Ay, qué pena, mi nombre me duele y me aspira la tristeza, no pego los ojos pues solo te pienso despierto, pues sé que para ti no cuento y me lo siento bien dentro de mi pecho. Y quemo encerrado en mi rostro con los ojos rojos; y lleno con lágrimas negras la fuente y el pozo de mi morbo. Y me inundo en silencio esperando; y llorando hasta invoco demonios cósmicos.

- Que desesperado me pongo con tu ausencia pues te añoro.

Necesito respuestas concretas que me calmen las ojeras, ya sé que a algún otro que quieres por horas enteras te entregas, bendita la suerte que él tiene de tenerte cerca. La mía ni siquiera te recuerda en una historia entre piernas, maldita la sombra que pegas detrás del sol de mi puerta. Hoy debo dejar de quererte de todas maneras; en tu ausencia.

Voy a calmarme tu hoguera, porque no puedo tenerte aunque te quiera. Porque no encuentro la razón para que entiendas, el por qué erras. Si no te tengo pues mejor que no te piense, me valdré solo y lograré alcanzar el cielo en otros besos que te alejen. Y si me encuentro un nuevo amor alzaré el vuelo; y sonriendo partiré a donde me inspire el pensamiento...

- A donde olvide que tu ausencia, me hiso escribir estos versos.

La solitaria.

- Aquí me tienen, sola y deshecha. Triste a la espera de un amor que nunca llega. Y aquí me deja, vestida y seria, con el moño a la cabeza como rosa que diseca en las tinieblas, colmada de irreverencias y con la corola sonámbula. De blanca tela bordada y ornada de bellas prendas, de cintas largas que brillan y de un largo velo en seda; que me he estrenado en su ausencia…

- De lazos que mariposean y de estrellas que se opacan en la niebla adormecidas, aquí me tienen perdida en mi existencia.

- Aquí me tienen, gravitando a la sombra de mis penas con la luna llena en mi silueta. Ardiendo como chimenea que de sus entrañas quema, aunque la leña no esté seca. Descalza, amarga, colérica; pensativa, verborragica y sincera. Aquí me tienen en vela, esperando impaciente al centinela de mi corazón de piedra. ¡Al que me surca las venas si destella…!

   Aquí me tienen quimérica y plena de sueños las piernas, roseando esperma de velas y apagada sobre una silla que en la oscuridad de mi alcoba desespera. Aquí me tienen disipada, esperando a ser cargada, desnudada ante botellas y bebida sobre sabanas. Ebria como carne en malta; y sarcástica como una tórtola mundana, que se posa atolondrada en la ventana. Aquí me tienen frenética y devota como una diosa desgraciada.

- Que en caracol se da vueltas con las caderas enfermas y las ganas siempre ávidas. Y que se voltea a sabiendas que abajo encontrará luciérnagas enamoradas, que me encenderán el cielo de esta noche negra y amarga. Entre recuerdos y espera; y a solas como otras tantas. Aquí me tienen con los Milsueños marchitos en mis manos de florero; con los pétalos heridos. ¡Aquí me tienen sin sentido y ya sin magia; y no les basta y me preguntan si hoy no viene, quien más le falta a mi alma!

– ¡Respondió desde su alcoba solitaria!

Vuelve a mis venas...

Porque tú sabes que te quiero me desprecias; y tu consciencia mis respuestas no las cuenta. Tú me negligés, me desdeñas, no me esperas, te das la vuelta y sigues viendo amor a ciegas. ¡Amor a ciegas! Pues no me miras ni me dejas ser tu esencia.

Y yo te pienso y cada verso es un poema, que en cada frase me recuerda la impaciencia, ya a mi cabeza no soporta más tu ausencia; vuelve a mis venas, sé sangre en ellas. Deja atrás reglas, soledad y tinta a medias, olvida todo y recomienza en otra entrega, vibra en mí ser y sentirás que el tuyo vuela, vuélvete pluma y dame al fin tu obra maestra.

- ¡Vuelve a mis venas; sé sangre en ellas! Pues sabes bien que solo espero tu presencia, que a solas pido horas enteras que tu vuelvas, mi corazón yo por tu amor tengo promesas; te daré pruebas, la vida entera, para que sepas. Te amaré a ciegas; viéndote bella. Vuelve a mis venas, surca arterias, vive en ellas; mira hacia el cielo y busca en el que trae sorpresas. Bajo una ceiba a boca llena te veo ebria; llenas de besos, de ilusión y de certezas. Busca a tu estrella y viaja en ella hasta tus piernas. Sé luna llena, Venus rosa y turbulencias; sé gotas gélidas de orgasmos y caricias. Besos y prendas, azul, verde y rojo venas; nervios y hembra.

– ¡Sé tú y sé ellas; y en mis poemas, sé tinta y letras.

- ¡Vuelve a mis venas, dame tu vida y vive en ellas!

Encuentros tórridos.

Cuando me dices ven sé que te tengo, que del domingo aquel quedan recuerdos, que el besos que te di, te llenó de ilusión, que el sueño me cambió y tuve tu cuerpo; y ahora nos vemos. Cuando me dices ven vuelvo y te apreso, te traigo ramos en pétalos dispersos, los riego con caricias por tu pecho, pues cuando vuelvo a ti tiento lo extremo. ¡Y así te tengo! Descalza ardiendo.

Cuando me dice ven endiablo el cielo, rogándole llover cuando nos vemos, tomo un paragua y remos y te llevo, hasta Venecia en una góndola de cuentos. Y como mariposa en celo te revuelo. Cuando me dices ven sé que me quedo, que sobre tu colchón nunca me duermo. Que veo pasar las horas y al llega la mañana estoy despierto; y tu gimiendo, como recuerdo. Hiendo y viniendo sin frenos…

Cuando me dices ven rápido llego, te desnudo la piel y te enmudezco; te erizo, te embeleso y no te suelto. Te llevo al muro a ver, tú sombras entre mis dedos y tú abismo desde adentro… - Y en el silencio, gritas te quiero; y yo te beso.

Cuando me dices ven tienes mis versos; y yo te cuelgo, como amuleto, te erizo el cuello y te desvelo. Y vuelvo a ti y pinto de azul un mar onírico, miro a tu lecho y huelo verde en tu destino, me siento un niño que al sol mancha de amarillo; y en blanco gélido te adentro en un delirio, ebria de tinto.

- ¡Y te adivino, surcando el limbo, los poros vivos; suelta tu libido y cuerpo enrojecido!

Sin voz rogando que volemos al unísono, en un abrazo que nos demos al volvernos. Gotas y labios nos transportan sobre piso, del cielo llueve un vendaval de ardor frenético; te pido y tengo. Y en nuestros ríos al bañarnos nos perdemos, hacia el horizonte divino donde se tienta lo dicho. Se abren tus puertas y se divisa el Olimpo; y un hada ecléctica a mi duende le hace guiños. Me ves, te agitas, saltas, vuelas y das gritos; me alabas, celas y te lanzo al infinito, ya sin vestido…

- ¡En un idilio, del cual me inspiro, cuando me dices ven se inunda el lecho…

Se ensalza la pasión con un bolero, te enciendo como velas en mesa llena; y hasta Venecia en una góndola navego, dándote besos. Y rojos pétalos esparzo por tu cuerpo; y te perfumo… Y te ilumino, como bombillo.

Y en miel derrito, a cada encuentro, con solo un beso por ti pedido, tras a un te quiero. Cuando me dices ven sin pensar llego, a los adentros sedientos de tu cuerpo; para te colmarte de anhelos.

- ¡Cuando me ven salgo de mí y en ti me encierro!

Contigo un tango.

Bailando a solas, contigo un tango, te ondulas toda, te estilas, vuelas, tus piernas pliegas, subes y abajo te das la vuelta; y la pieza cierras, tú a piernas locas por ella.

– ¡Bailando a solas, contigo un tango!

Me miras, sueñas, te exhibes, juegas, te doy dos vueltas, derecha, izquierda y en media luna hacia el sol giramos, se encienden velas; y nos quemamos.

- Bailando a solas, un tango clásico. Mano con mano, cuerpos orgásmicos; labios mojados, tú y yo besándonos.

- Bailando un tango, ebrios románticos. Te pegas, ruegas, me palpas, tientas, que yo te adviertas que estás pecando.

Toda te entregas, caderas, lazos; cabellos sueltas, caricias, cera, nos damos tragos. La pieza cierra contigo en brazos; bailando un tango sudados.

Contigo a solas, velas y abrazos, te tengo ahora los pies descalzos. Te cargo y oras, sangre y presagios; y a labios anchos besándonos, callado el fin llega largo…

- Bailando a solas, un tango mágico, los dos amándonos por nuestro escenario.

Epítetos

Ya no queda nada de su imagen y he olvidado hasta su rostro, me he abstraído a no pensarlos y ya no veo más sus ojos, me he cansado de añorarlos y con sus labios ya no sueño. Pero el recuerdo quedará, porque fue mía de verdad, porque al pasar el tiempo a amar perdura el fuego; y en él me quemo. ¡Pues aún la quiero!

Aun recuerdo su silueta en el cristal, frente al espejo. Sus senos vueltos dos manzanas a probar, sus vellos tensos y erizados de gritar, caliente el leño a media luz olía el diván; a sus misterios. Y su cintura entre mis manos veo girar, le doy dos palmos por sus caderas manjar; y ondula a nervios. Aun la recuerdo; y me embeleso…

Adiós la aurora, la pasión mojó el rosal. Y espinas cortas se destinan para hincar, la carne tremola revive en azahar, me muero ahora aquí plantando un limonar. Que agria la historia, si ella no está. Su sombra ronda mi camino y se me va, sus cabellos sueltos en mis versos quedarán. Su voz, sus gestos, su mar revuelto y su candor séptimo cielo; y sus manos dulces, que al besar toqué las nubes.

Ya la he olvidado porque el tiempo logra hacerlo, solo recuerdo que la he amado sin complejos, que al adiós el sol calló sobre los cerros; y que la luna se estrelló por un alero. La pena en juego, esa noche me vi muerto. Que dolor fiero, pues aun la quiero como un necio.

Y ni en epítetos consuelo mis deseos, de bien besarla como en versos se los cuento. De deletrearle cada signo de su aliento, de acariciarle el cuerpo entero y ser su dueño. Frente al cristal toda embriagada ante el espejo, el leño en fuego y el diván oliendo a sexo veraniego. A nuestros besos y a cabellos por el suelo.

– ¡Como recuerdo…!

Amantes de retrato.

Los amantes que encontré en viejos retratos, se mudaron de morada separados; ya sus voces no se exponen al contacto, ni se escuchan dando gritos acostados.

El otoño de este otoño fue nostálgico; y el frio invierno congeló aunque se abrigaron. En verano calentando se quemaron, primaveras y pasados disfrutando. Días románticos rieron y cantaron; y sufrieron cuando el cristal partió al vaso…

Sumergidos en las dudas como tantos, navegaron a la inversa y al contrario. Las historias que sus fotos van contando, dejan claro que el amor ha terminado. Las caricias que había visto comenzando, se marcharon del papel y lo mancharon.

Veo las marcas que dejó ese cruel maltrato; y presiento que fue duro el golpetazo. La oración dio la razón a algún adagio; y una lapida recuerda que se amaron. Los amantes de retrato que he encontrado, se olvidaron como leyendas de antaño.

- Se quedaron allá lejos, se quedaron, se pelearon y dejaron vacio el ático. Se marcharon y alejaron separados; y al adiós ninguno supo de sus pasos. Y el otoño de otro otoño fue nostálgico; si al verano calentando se explotaron…

- Se marcharon cada uno con sus tantos, con más menos, menos mal que no fue trágico. Se quedaron alejados, se dejaron; y encontraron redención en otros brazos.

- Los amantes de retrato cuentan fiascos, que hasta en versos cuesta caro recordarlos. Olvidaron estas fotos en un saco, que botaron porque no querían portarlo. Se marcharon a la inversa y al contrario; y no vieron que detrás venia llorando...

– Por historias de las que cuentan retratos.

Primavera por Venecia.

Aún recuerdo aquella loca primavera, en que los dos nos escapamos a Venecia, sin más maletas que bolsillos de chaquetas, de ganas llenas la pasión a piernas sueltas.

- ¡Tú y yo en Venecia, si lo recuerdas!

- Si no recuerdas en avión nos queda cerca; si me lo aceptas, te llevo a ella… ¡Yo y tú en Venecia, como te sueñas! Sobre una góndola que navega hasta el delta, vuelta sirena entre canales que te apresan, iluminada bajo un puente viendo estrellas; y yo en cometa, que te eclipsa en luna llena. ¿No ves Venecia mi prenda? Anda por ella, bésame y tiembla… ¡Cierra los ojos y suéñate mi reina! ¿Ahora recuerdas la escena?

- Tú y yo en Venecia, cenas con velas. Y entre candilejas perlas; y fresas sobre la mesa. Y a viva voz trino y susurro un te amo tanto, a vello al sol y con mis poros erizados.Sonrisa y labios fino tinto enamorados, de tus encantos; que tanto amo. Yo y tú en Venecia, si te recuerdas…

En flor de hiedra colgada a muros y puertas, en beso a ciegas con los ojos dando vueltas, por callejuelas con tu mascara de cara bella; lívida ingrávida y extasiada por sus plazas.

- Si aún no recuerdas, esta es Venecia; la de las primaveras que quieras sobre una página bella.

Falsas promesas, respuestas desenfadas.

Hay quien promete la gloria bajando del cielo con alas sobre un carruaje de plata que trae fortuna, ensueños y magia. Con sombrero blanco y corbata en lana, que se alarga en la distancia de un mañana, hecho de nada que valga para agradecer la estampa. Porque a su palabra le falta profundidad al ser dada, porque quien miente se engaña, sin saber que la esperanza es la única fuerza que quebranta al miedo ante las balas.

- ¡Y que quien la pierda se atrasa; y en vez de anclarse, se vara…!

– Promesas por hacerse hay tantas que enumerarlas da ganas:

De dar placer a quien se ama, de volver un día a la patria sabiéndola liberada, de escribir un verso al alba escuchando a las cigarras rasgar sus faldas sobre pentagramas, componiendo rimas largas y melodías para guitarra. Y de pasar los años que faltan a retarla, hasta que la vida parta a donde nadie la aclama. A otro horizonte que calma, bajo tierra, putrefacta y olvidada. Enterrada en un abismo sin más manos solidarias.

- Y sin necesidad de sabanas, ni de fundas, ni de almohadas, ni de cama.

- ¡Así sabemos que acaba, como errata en una lapida firmada!

Da gloria el saber lucharla hasta alcanzar metas altas, al realizarse sin trampas transitándola con armas. El no decir si no hay cara que dentro de una boca callada se esconde una lengua larga. Y el saber despierta al alba la estrella que iluminó la madrugada; pues la luz de las batallas, solo se obtiene ganándolas. Y no esperando promesas de quienes calculen cuartadas; y luego no cumplan con las letras de sus cartas.

Se define como verborragica, a toda persona vana, que como perro de raza mala, al ladrar muerda sus palabras con etimologías mundanas articuladas en ráfagas. Y a que les sirve mascarlas, si de las gargantas que sangran, la sinrazón vomitada sabe amarga. Hay quien promete sabiendo que nunca pondrá velas blancas en la sala de su casa; allá quien crea en la magia barata, pues solo en cuentos se leen las hadas magnas.

- Pero a ellas ya nadie las plagia pues sus leyendas son tantas que ya cansan. Tampoco al duende que le canta al alba, con su voz desenfada.

¡El falso techo del sexto sentido!

- Vivía en un apartamento viejo renovado con tarecos donde los huecos maquillaban el falso techo y el agua goteaba entre canales hidroeléctricos. Y aquejaba sobre un piso rojo fuego sobre el que también amaba, todo tapizado de esfuerzos, de sonrisas, de remedio y esperanzas.

La sexta planta era alta como sus sueños más viejos; y la escalera guirnalda que acaracolaba pies tensos. Nunca se anda derecho si entre curvas nos perdemos, se imaginaba que rezaba escrito en el techo. Cansado estaba de subirlos y de bajarlos aguantado, con la cabeza en el piso y los pies escalando por peldaños, o rendido por su pasos; y alocado. Y entre cables y floreros ya no había espacio de suelo para sus cibernéticos objetos. Ni para caminar contento como por aquel salón de cuentos. Pues hasta el barrio bueno ya le quedaba lejos cuando se despertó del mal sueño; y se vio en uno más viejo, confundido entre extranjeros.

Y el baño olía a rabo de nube violento y huracanado en su vuelo; y el olor a cigarro frío le desvelaba los huesos. Y aquel edificio terno lo perdía entre conceptos; y se perdía el en ellos, como en un verso malévolo, describiéndolos. Feo, borracho y harapiento, lleno de droga el cerebro, lejos de la realidad de sus sueños; y aún más lejos de su pueblo, pero con fundamentos y sin tenerlo triunfó el necio.

- Vivía en un apartamento viejo renovado con tarecos, en el piso seis de un inmueble feo y lejos de los barrios buenos; y perdido andaba entre objetos que le componían sus versos bajo la luz de un alero. Feo, borracho y harapiento, lleno de droga el cerebro y sin sexto sentido ni besos; y lejos de la realidad de sus sueños, pues se los andaba cumpliendo.

- Vivía sumido en su tiempo maquillado en vil sujeto, preso de los recuerdos eternos que goteaban por los huecos; de aquel falso techo viejo, que hoy yo he elegido de ejemplo.

Navidad y Esperanzas no riman.

Está llegando la navidad, pero el ardid nada cambiará, cuantos inventos que hay que escuchar. Papá Noel, padres nuestros y altares llenos de juguetes nuevos y de fabulas de otros tiempos. Ya está llegando la navidad y el frio invierno, nieva en los cerros y en las estepas nos pelan los deshielos; y el año se acabará, como comenzó en enero.

- Una vez más sin empleos duraderos, ni dinero; y por el cielo aquejando, por no poder mojar nuestro suelo gris y seco.

Paros obreros, despedidas y lamentos hacen del recuerdo un hecho que dio negocio a banqueros, el advenimiento adverso se pasó el año doliendo. Y las caídas de pelo por los problemas impuestos, nos han dejado el calvario de un periodo arruinado que da hora a un reloj viejo, cuyas agujas apuntan a los gobiernos y a los patrones de facto.

- Por injustos y por la mala gestión de nuestros estados de ánimo; y por la decadencia que arrastramos como zánganos.

Pero siempre, después de un invierno en nieve los rayos de sol reaparecen. Y los prados reverdecen cuando las lluvias se vierten sobre cascada y saltos, llenas de algas y peces las playas de azul celeste se llenan de enamorados; y los besos acostados sobre la arena se divierten. Cuanta esperanza consciente la que derrochamos los humanos.

Cuando avistamos el triunfo de algún proyecto apostado, decimos adiós a lo muerto que no logró vivir viejo; y nos afincamos en el decir de lo olvidado para afirmar que hemos vuelto como sol hasta el verano. Yo si quiero y como puedo me lo gano. Se derriban los lamentos, se ayuda a quien sea hermano; y se inventa el escenario con el acto.

– ¡Trayéndole un año nuevo de regalo!

A media luz va la vida...

Entre esfuerzos utópicos enaltecidos y martirios, vivo huyendo de este mundo que de rodillas me tira. Ya casi nada me inspira excepto un beso, ya casi nada me tienta pues no quiero. Pero nada me despierta más que el hecho de obtenerlo, si es sincero; pues nadie puede impedirme el buen oficio.

– Así me dijo un sujeto en una esquina perdida entre tinta y pesadillas, con comillas, adjetivos y frases tibias y precisas:

- A media luz va la vida sin caricias, como un porteño peludo bailando tango con fintas. Como una planta marchita porque la flor no respira. Como un difunto Mesías, sobre una Cruz maldecida por profetas. A diestra al centro a siniestra, al frente, atrás, de rodillas. A media luz y a pedazos de aspirina…

– En el calvario hecha trizas, e indecisa a la deriva.

- A media luz va la vida, como una prosa infinita descrita con tinta china. Confesándose anda en rimas cuando la ven los artistas, los filósofos y los humanistas; y otros que nadie imagina. A media luz y a mentiras de políticas vacías; y el cataclismo es primicia, se anuncian melancolías.

– Así me dijo un sujeto: ¡Lo veremos algún día!

Sobre candilejas velas, derretida ya la cera, el sol se pondrá y las tinieblas serán cruentas. Bajo brumas pasaremos noche buena en estaciones Olímpicas; y el lodo enlutará la tierra y las guerras nuestras quimeras. Nos comeremos las piedras y huevos en cenas perversas. Baja el telón; corta las piernas.

¡Cierra la escena; y bota el lema y las torpezas! Pues con sangre en las taquillas solo hay perdidas; y la cartelera expira, sin ser vista en las revistas.

Y nos diremos columnistas; de mil calumnias distintas. Nos morderemos las venas y tarde nos daremos cuenta del gran mal que nos hacemos prostituyéndonos, en conciertos y en congresos callejeros. Y el termino compañero se extinguirá de convenios; de los pactos y los gremios.

– ¡Hasta que fuego y cenizas deparen malos festejos!

Me miró, se levantó, me dijo adiós, se fue doliente; se fue a su mesa que piensa a calcular cuánto pierde cada vez que no se vende como debe. Se fue a idearse una treta para alimentar la especie que ve débil. A crear sin utopías con quien no mute diferente; con quienes quieran ver llover la vida y no las pestes.

Ya casi nada lo inspira excepto un beso, ya casi nada lo tienta pues crea celos. Pero nada lo despierta más que el hecho de ser bueno, ser sincero, buen amigo y compañero; pues nadie puede impedirle ahora absorberlo. Se fue a su mesa que piensa, llena de utopías oníricas que en las noches lo hacen héroe…

– Despertando un duende alegre que respira melodías.

- ¡A media luz va la vida!

 Como una línea de tinta progresiva en tonos tenues, que seca heridas mientras la leen y gotea límpida. Que encendida se equilibra con paciencia si deriva, pues con amor canta las rimas que le inspiran quienes leen. Que con vivas dan caricias consentidas, con aplausos dan medidas positivas. Y cada día crean roles, besos; fiebre.

- ¡A media luz va la vida; y en sus nostalgias se yergue!

Embrujo único.

¿Y quién soy yo? Le preguntó un día el tumulto al lagrimal de un ojo clínico retorico.

Tú eres el alma del mundo y el producto unificado de los muchos; tú lo eres todo en conjunto, la fusión de la unidad y el grupo único. - Así le respondió un individuo, solo y particularmente retórico. O por lo menos a mi modo de ver, un modo y el otro, al comprender que entenderse es un negocio. Y observándolo de frente y mirándolo desde puntos de vistas metafóricos; hundió su codo en su coco roto.

- ¿Y quién era aquel buen demonio? Un buen sabio a voz silente, un poeta proletario que adora el lujo con lentes; y que lo calcula y lo invierte antes de decir que tiene.

- ¿Y quién soy yo, me preguntó al conocerlo? - ¿Cómo me han dicho hasta ahora que me nombro? ¿Se han puesto a pensar a otros, sin juzgar sus royos mórbidos? ¿Han comprendido que todo lleva valor de conjunto? Y que hombres y mujeres somos productos de la fuerza del amor; y de sus embrujos únicos.

- ¿Y quién soy yo si me resumo entre momentos metafóricos?

Cuando pregunto presientan que me lo asumo; y si respondo es porque reconozco, que fue el amor quien hiso al mundo. Y yo soy solo una más entre todo este tumulto ciudadano, que hoy vive junto y aspirando a disfrutarlo; a tomarnos de la mano sin tirarnos. ¡Inundando la ciudad con nuestros embrujos únicos!

- Que nos hacen cada día más humanos y cultos, porque aprendemos a entendernos como hermanos; sonriendo juntos a los colores del crepúsculo.

Pensamientos con concepto.

Por la avenida encendida llora perdida la vida, vaga sin rumbo en la niebla y solo el pasado recuerda. Se ahoga sumida en tristezas mañanas enteras. Pasa las tardes en vela y sus noches son negras. Cansada recuesta su espalda contra las penas más cruentas; y sola e inquieta se desvela sin almohada en su litera oscura y secas.

- Ya nadie le habla de dicha, ni de amores y gloria. Ya no hay sonrisas jocosas, ni deudas que se paguen todas.

Ya de las bocas que la invocan las palabras brotan sordas de entrañas que desbordan solas. Y pletórica la fobia ha ensangrentado las olas; y ya ni en Venecia se enamora sobre góndolas, ni en Paris Cupido aflora el verbo en prosa sobre hojas. ¡Solo se escuchan historias de guerras y bombas!

El hombre al hombre controla, el rico al pobre deshonra y las enfermedades devoran a las comarcas más prodigas. Las escuelas vueltas logias crean sociedades en la sombra, que le deforman las normas a la ética y la lógica. La tierra y el aire se dislocan; y en retoricas se inmolan las memorias, pervertidas y hasta en contra.

De pueblo se ha hecho la alforja que porta esta pobreza agónica. Ni peso tienen las bolsas pues el dinero solo engorda en casa de los Casanova; y en las alcobas devotas que a dios oran horas y horas. Y agoniza entre lisonjas, en las capillas pictóricas de quienes rezan sin dudas, para que les traigan compotas de limosnas...

Y ni el sexo hoy ya en su morbo se sofoca, porque quien no quiere no controla lo que toca. Todo es efímero, se miente al beso, con labios fieros, corazón, sin sentimientos. Y en hordas la visión se ha vuelvo fóbica, pues la cara crónica del riesgo sin deseo nos hace viejos; y las alergias a las alegrías traen tormentos duraderos.

Pulcra y sin prisa transita sola días y días. Las estaciones desafía y gotea insípida en la brisa. En invierno se refría por codicia, en verano quema trizas desvestida; y en otoño las perfidias llueven nítidas, pues de espalda la mentira llena el rostro y lo vacía. Y en las primaveras lindas, se dice que son poesías, hechas de letras y tinta.

Sobre la ceniza divina que lleva hasta el mañana en rimas marcha rendida la vida, su dimensión la ilumina y su cerebro la alista para enfrentar las espinas. Mira hacia atrás, ve otra esquina, vuelve al presente y la olvida y se proyecta a la deriva hacia su esencia. Se desvive agradecida de paciencia; y en su presencia se horripila...

- Y le otorga la derrota, a victorias clandestinas maldecidas.

Siente la luz que le arriba, proclama y conceptualiza lo que su intelecto le dicta. Y reitera aún plagiada entre miserias, que quien se pliegue la abdica; y que quien se empine la admira y la respeta por ser ella, sorda e imperfecta. Y que quien a la libertad no aliente, expone su cuello a las condenas más violentas que le esperen.

Y que quien acepte la espera, debe abstraerse en la ausencia y quedar fuera, hasta que le vuelva su estrella. O en otoños sin nostalgias, amnésica se quedará su leyenda, que en horizontes sin magia, acabará adormecida entre cometas. Pues la vida hecha sin metas sabe a cuentas, a tragedias y a medidas. En vez de ser la placenta que renueva su argumento en el ser nuevo. A colorido y a vuelo, a sentimientos y a intentos por ser bueno.

Para que en las primaveras lindas su color pinte poesías hechas de letras y tinta, con pensamientos que sin firma arrepentida leguen versos; sobre la cuartilla de ida hacia lo eterno del cuento, que se despide sonriendo.

– Por los caminos de la vida, conceptualizando pensamientos.

Hoy me siento en mi estructura

- Hoy he declarado la fiesta en el Cuartel de mi pecho, hoy le he dicho a mis guerreros que saquen a los plebeyos de esas cárceles de fuego, donde duermen olvidados en un silencio eterno. Que les den un baño de sexo y que les sequen los huesos con la espuma de sus vértigos; para que pierdan el miedo a los complejos.

- Hoy la vida va de imprenta vestida de Dulcinea, con Don Quijote a la cabeza dando una lección de fuerza y demoliendo vilezas. Hoy mis Dioses Africanos bailan un Vals que marea, hoy soy Católico en hierbas y comunista de derecha. Hoy la diestra está a la Izquierda; y en el centro, hay una buena juerga que marea mi cabeza hueca.

- Hoy el termómetro marca cien grados y no entiendo lo contrario de lo que me han enseñado. Justamente porque hablo y no me quedo callado, ni en la imprudencia me atraganto con espinas de pescado. Hoy acepto que me juzguen y me defiendo jugando a las frases más ilustres; y no al salten enmangado por sonámbulos.

- Hoy me voy a ver las luces y voy a amar sin retrasos, hoy no perderé los pasos a las tramas que me insulten; y cuando diga no abuses lo salado será un cruce de naranjas con manzanos. Con fresas amarillas y rábanos, con sonrisas que seducen aires frescos y veranos; y me bañaré tarareando, las tantas canciones que amo.

– Las formulas de mis días yo las aplico aceptando; y me defiendo visualizando y gozando con mis actos. Porque no soy bueno a diario; y porque yo aprendo entre tanto.

La Diosa de las Existencialas.

Iluminada en centellas y a todo don en su entrega, así se me muestra ella cuando amanece en mi ausencia. En claro oscuro y en perla y ornada de prendas preciosas de las que portan las reinas. Así se me impregna en las venas, como manantial entre piedras; y así la describen mis letras…

- Toda ella, como razón de un poema; en ninfa mística y hembra.

Oda a la luz y a la herencia de la arena de mareas, curvas de tul y esencias suculentas como en historias homéricas. Larga la tela le cae sobre sus piernas, labios de abeja que enferma para libar a sabiendas, ojos de hiena que nunca pierde una presa, rostro de persa y moño de india andariega; y dulce miel de primavera.

– ¡Como una sirena viajera que entre góndolas se acuesta!

Ella se viste y se cuenta en cada página nueva, la roca oculta leyendas y la tierra no se entera. Sus manos calcan cabezas cuando en brazos cae a caderas; y a pecho inunda serena su existencia de leyendas. La Existenciala la llaman, la toda cráneo y estampas, la dulce calma que amansa la mañana…

La Diosa de las Existencialas, la oreja que escucha atenta, la egocéntrica guirnalda que se cuelga en la azotea. La loba que aúlla en la estepa cuando de ardores aqueja, la montaña de hondo delta que en sus profundidades apresa; a quien por su horizonte navegue, con su barca de madera a las tinieblas.

La Divina nube gélida que moja entera praderas, el rio que nunca se seca, la ilusión que desespera. La cintura aventurera que ondula en falda y con medias. El enigma del esperma en un orgasmo, pues sus fondos nunca llegan. La ella, ella más ella pensando a quien representa y a mis tretas…

La sombría dama quimérica, tímida, erótica, seria y termométrica. La tentación de la aldea cuando en mi magia se ausenta horas secretas. La llama ardiente que quema en su placenta, agua en la voz, piel que modela. Besos de almendras y peras; de tonos y pujos a cuenca abierta.

– Piedra que sedimenta ebria su vagina de epopeyas.

La Diosa de las Existencialas me reclama, creciente luna que no mengua aunque no la quieran. Se me presenta y me besa; me apresa, me sume y me alienta a que la huela, para que capte su huella pintoresca. Y luego me invita a su cueva, para una cena quimérica con velas.

– Llena de piedras la alcoba; y rocía tinta sobre cuerdas.

Se desvive enamorada y no mide sus maneras, me da su alma y esencia; y me hace olvidar las penas. Se da de espaldas y acuesta se embelesa, como guitarra de juergas que toca una nota clásica y pide amarme entre piedras; y cual calenturas de magma, vuelta arena se repella… Y se explota fotogénica en las profundidades de su cueva; se siente ella y lo expresa a su manera…

Y del centro de sus piernas se alimentan sus arterias de azucena, oliendo a flor de pradera, a pera, a fresas y a almendras. A seño, a tul y a madera, a hierba verde de cuenca; y a mis dedos de poeta que le desnudan la tela de su larga blusa nueva. Y en blanca bandera ella ondea.

– Y cuaja vagina sin pena, cera y cerezas, candor y sepas.

Hasta convertirse en letras de una estrofa de poema, e iluminada en centellas y a todo don en su entrega la estampa queda dispuesta; a cuesta alta, escaleras.

La Existenciala la llaman, la Diosa de las doncellas bellas, siempre tierna, siempre ecléctica. La flor de nata que amarra si a cuerpo entero se entrega; pues quien penetre su cueva debe probar su excelencia, contra las rocas y el delta, del Olimpo de la tierra.

- Así me muestra que llega cuando amanece en mi ausencia; ola y mujer, loca hembra y toda ella… ¡Sin tristezas!

– ¡La Existenciala la llaman; y lo demuestra a la letra!

Cuestionamiento existencialista universal.

Fuego, candela, se quema un cometa, truenos, centellas, temblores de tierra, vientos sin rumbo del sur contra el norte; gases y humo, bullicio, desorden. Agua y mareas inundan la esfera, ruidos que rompen a tímpano sordo. Bocas de lobo, mordidas de oso, clima sin lluvias, de fríos y penumbras. Sueños con Monstruos.

- ¿Qué cosas cuentan?

Se están volviendo locos los periódicos, ya nada sabe a azul, ni a dulce en trozos, solo cuentan que el mundo es pena y lodo. Solo filman destrozos y velorios; arena y polvo. Palos, cadenas, pobreza y miseria. Gente que espera un trabajo que no llega, fuente de un delta que seca a sabiendas, sistemas bancarios y el alza en las rentas; y carabelas. ¡Suma si restas!

- ¿Qué es lo que inventan?

La torpe realidad quita careta y ya no hay fiestas. La individualidad ya no se presta, o a nada sirve hacerlo si nos cuesta. El hombre es un patrón y la plata un impostor lleno de morbo. La sociedad se pudre y ya no acepta; que necia histeria la que los humanos alimentan…

- ¿Qué es lo que esperan? - Quizás desean a que el pecho les decaiga y pobres mueran.

- Qué los salarios no lleguen a las tiendas, que todos de las huelgas salgan presos maletas. Que la guerra nos resuma sin congresos; y que los presidentes cuelguen nudos en aceras, pues la anarquía ya comienza. Qué el buen vino y el queso no se vendan, que no se eduque el genio en buena escuela, que nadie tenga nada en Nada Tengo. Y que por versos como estos se aprisione al intelecto.

- Qué nos afiebren las secuelas de un mal ciego, que el tiempo haga olvidar que el ser es dueño. Que el desamor de los malos mate al Pueblo; y que más nada quede en Nada Lego.

– ¡Ni amor ni sueños!

- Y que las azucenas en invierno florezcan secas; y al florero lleguen negras las gardenias.

- Y las respuestas sinceras se extingan sin ser devueltas, cuando que la vida detenga el vaivén de las palmeras. Sin que los labios por fresas se den besos pura lengua; como la vida que sueñan…

- ¡Qué es lo que cuenta!

Dolencias.

- Me duele el tiempo, el deseo, me duele el pecho y los huesos. Me duele el beso sediento y el que me dieron lo devuelvo entero y tierno. Me duele el pelo que peino y mis dedos parapléjicos, me duele el final, el comienzo, mis principios y los consejos dietéticos; y también me duele el seño.

- ¡Me duele y me siento enfermo como cuento…!

- Me duele el concepto viejo de nunca creer en misterios, porque mi criterio no es nuevo, yo no me cambio ni vendo. Me duele tanto el destierro que me pierdo en el recuerdo, me duele volver a mi pueblo y verlo sumido en sus restos; me duele y no lo exagero.

- Me duele el sueño que tengo y hasta el vuestro que no hicieron. Me duele el amigo bueno que se ha convertido en necio. Me duele el adiós fonético pues más nunca he vuelto a verlo, me duele el fervor que siento en mi corazón ya viejo; y me duele conocerlo.

- Me duele esto y aquello, me duele el amor que ha muerto, me duele el complejo ajeno porque propios no alimento. Me duele el universo amnésico, las cruzadas y los juegos. Me duele la guerra al pueblo y la que este no ha hecho; me duele tanto el destierro.

– De dolencias me alimento, con ellas sigo viviendo; me siento solo y desecho pero aun duermo sereno.

- Me duele el pretexto pérfido, las heridas y los nervios, el calendario, el tintero, el verso ecléctico y serio. Me duele hasta el Santo incrédulo que vio a Dios bajar del cielo, me duele el pobre, el obrero y el hombre que represento; me duele tanto el veneno que tenemos.

- ¡Me duele el libro que leo y que otros no han abierto!

 Las dolencias que argumento de un lis me han dejado ciego, me he quedado como perro sin su dueño; que hoy divaga los senderos polvorientos de su vendaval de infiernos duraderos. Me duele tanto el destierro que al final me siento lejos; y solo aquejo sufriendo.

- Me duele el mar que navego a fuego lento; y me quemo como leño en el potrero donde entre hierbas florezco. Y solo encuentro remedio a mis tormentos en los brazos de Morfeo. No tengo trono ni reino; yo soy un bohemio resuelto, un puro engendro de talento.

- Me duele el viento, los celos, me duele el gesto no hecho, me duele el defecto ajeno, el propio, el vuestro y el de ellos. Me duele todo en concreto, no importa si es bello o feo. Las mentiras; y el irrespeto al progreso, de los gobiernos modernos.

- Me duele tanto el destierro que me quejo porque quiero, les doy ejemplos sinceros pues no pliego ni la espalda ni el cerebro. Me duele la lengua en peso pues no tengo ya palabras para rezos; me duele tanto y no exagero, si lo cuento es porque duermo.

- Me duele tanto que cuando ronco siento un escalofrío violento. Me duele tanto el destierro que no me resigno a vivir lejos, como un hereje rendido ante sujetos. Y quiero regresar a mis suelos tan queridos, para festejar con mi pueblo un buen periodo…

- Me duele tanto el destierro que si grito me despierto, me duele tanto y no finjo, yo no cejo de soñar a un tiempo nuevo. Al beso dulce de inciensos de potrero vuelto al ruedo, a los versos por el séptimo gimiendo, a los mares y a los cielo de mi caimán caribeño y jaranero.

– ¡Me duele tanto el destierro; como les cuento!

Penas hondas

Que profundo se va el alma cuando las nostalgias vagan por la oscura celda-sala de los amores que matan, de los reductos de gracia ya pasada. De los recuerdos que amargan la morada, de la escarcha que en invierno refriaba como tarja sobre una lapida hablada: "- A quien ha partido con ganas a calentar otra casa, con la cocina en la entrada." A un verano a boca ancha, puesto al plato en la ventana…

- ¡Pues con lumbre y magia baratas; salen canas de una calva!

- A alguien que no esperemos al alba, pues mañana no hará falta al panorama; si los ojos cambian, con colirio para ratas.

− ¡Qué profundo incrusta el alma sus desgracias…!

Las primaveras rosadas suenan raras, los otoños y escapadas fruncen caras y los pensares desatan, dejan tiernas serenatas y nos distancian la estampa. Se van con ojos cerrados, se acerca un cuerpo borracho, se apresan vellos humeando que el otro cuerpo nos trajo relajados. Se ve al adiós no buscado contestando, el principio, al encontrarnos y el ocaso. Y si acaso, nos vemos los dos besándonos contra el muro en aquel atajo; desnudándonos.

- Si el olvido inspira el cuento y nos listamos, pues los años discutiéndonos pasamos, hasta el final esperado realizándolo.

– ¡Hasta el llanto adelgazando de hace un rato…!

- Nada más, más nada, sin fabulas. Nuestras cuentas anulamos separándolas; pues protestas y tus gritos nada cambian…

 Qué pena me da esta sabana, mis lágrimas la manchan de blanco; y no es la cera que estanca por mi vientre derramada, que cruel tristeza y que ansias. Que sobre todo erizada siento que exploto volcánica. Porque mis labios se engañan con tus trampas, por tu saliva con magma de alguna carnada malsana; que me disipa los poros de mis glándulas ováricas. Y me siento enferma de ganas magmicas, de loco embrujo que acaba; en rabia cárnica.

- Sé que anda hondo apenada; y tus daños sanarán resucitándola.

- Vete ahora de mi casa, márchate de mi mirada a otras pestañas; y no vuelvas a llamar por mi ventana. Ni aunque veas que arde en llamas la esperanza liberada que hoy me ata. Pues la puerta te abriré para si pasas y te paras, no te pierdas lo que pasa; y me veas con razón enamorada, cuando salga de mi cama un sol que abraza. Si en la falda de mi luna se resbala la vía láctea; y las estrellas de marras, dan un concierto a capela por la sala.

- No reniegues, vete ahora pues ya basta y desagradas. Ya las penas del pasado no son tantas, para el dulce corazón que hoy tú reclamas. Ignorando cual profundo me vi ahogada, mientras tú me sulfurabas las entrañas, hiriéndome con tus escapadas; pero ni quemándola me mataste la añoranza. Pues sé que sana Ilusionándola, si de cada madrugada se ve el alba; y las penas hondas que emergen, el mañana nos aclaran…

– ¡Suturadas, pues ninguna pliega un alma hasta acabarla!

Y florece en la mañana

Como fuente de cristal llena de espuma, tú desbordas y me incitas con tu pluma vuelta musa. Tu cabellera de estola sobre tus hombros se arropa, tus labios miel que devoro se vuelven de oro morboso; y con pétalos al horno, te decoro todo el rostro.

- Y por tu pecho goloso, te regocijo en antojos.

-Y florecida y oronda te muestras ante mis ojos; y en una prosa te invoco el dormitorio.

Te vuelves ola que ilumina las penumbras, te desvistes frente a un lente que te muerde, te edulcoras y gravitas bajo hierba; y en la sombra de mi alcoba hecha de piedras, te ensimismas con mi mazo troglodita. Y entre burbujas que hierven, vemos peces y pinceles.

- Y la fuente me desbordas bajo nieves, pues con tu rostro florece hasta en diciembre. Y en otoño tu jardín pinto de verde, te deslizo en primavera bajo un puente; y en el verano que viene, otro poema valdrá este. Y tú serás quien me espere, envuelta entre lazos e imberbe.

- Y florecerás eterna sobre piedras, como hiedra de balcón por mi escalera hecha leyendas. Y a la vista y al adiós tendrás mis letras, que al dormirte y despertar leerás completas. Y al horizonte de alta mar te arriaré velas, con mis dedos que al calcarte te celebran tu belleza…

- Y se aderezan con tu esencia a hierbabuena.

Cuando desbordas y nadamos sobre olas, de las candilejas gotea cera en gotas gordas. De las copas tinto en sangre el vino brota, de los pétalos horneados tu corola. Y del dulce de tus labios vuela mágico, un beso gelatinado y orgásmico, que viene a darse a mis labios.

- Y tu fuente de cristal se vuelve espuma, con cristales que iluminan las penumbras; y estrellada en luna llena tú te alumbras, frente al sol que vino a ver la noche negra. Y por mi jardín floreces revolcada, con las manos en el agua, ávida e inundada por tus ganas.

Cómo una musa encantada, que en hembra que se precia de ser ella, me atrae el amor con palabras, sencillas y rebuscadas. Y me firma con su pluma otro poema acalorada, pues se envicia con mis letras hasta el alba; y aparece en la mañana empetacada…

- Con una fuente pintada sobre sabanas; y envuelta en una marejada orgásmica…

– ¡Que florece de tu alma al ser roseada!

Cerebral y terrenal.

Cierro los ojos y sueño y te siento invadir mis adentros, te me acercas y te dejo; y me doy a ti y vuelvo en ruegos el tiempo de un beso gélido. Arden mis labios, te anhelo; y vienes a mi pensamiento. Te veo rosar mis deseos, largar amarras e ir lejos por mi océano; tú en marinera y yo en velo, desnudos y boquiabiertos pretendiéndonos veleros.

- Las velas, llamas, floreros; y mil pétalos de Milsueños encantados dentro de ellos, brotando de un tallo erecto.

Vuelvo a mirar y te siento tus manos contra mis senos, mis caderas cuerpo y juegos con tus costillas de infierno, mi cintura consintiéndotelo y tu pecho entre mi espalda en carne y hueso. Siento el candor de tus vellos que me erizan vientre, rostro y cuello. Me abro en poros y destello al firmamento cual espíritu; me voy, regreso y me pellizco.

– Provoco mi destino célico; y pierdo el juicio y los nervios.

- Y te doy en el silencio lo más sagrado que tengo y me derrito; y te respiro al lagrimar dormidos pero vivos…

Toma mi corazón quimérico y cólmalo de ensueños lindos; y dame tus manos, tus ritos y aclimátate a mi ombligo. Bebe del vino el delirio y ven a vivirme y a embriagarte de mi tinto; sangrando el mal del olvido para el futuro ver nítido hasta pecar sin rendirnos. Y despiértame entre tus brazos cual tesoro del Olimpo.

- Vuelvo a mirar y ya reino por tu universo que pinto.

Cierro los ojos sonriéndonos y los abro cual luceros, salgo del sexto sentido en dirección de cielo séptimo, cruzo el infinito enésimo y voy a parar al sol del limbo, te introduzco en mi hueco negro y en mi cráter te sacralizo. Te idolatro, te bendigo y en luna llena me izo cual bandera del abismo donde coitan los vicios.

Y el horno oscuro del celo me ilumina enternecida; y abro los ojos y te veo en esta vista que rima con delicias. Tu tras de mí y yo cual bombilla que entre las penumbras brilla enaltecida. Me siento hembra y divina, cerebral con pedestal y bella Ninfa. Inmortal y terrenal como Afrodita; bala, asesina y víctima…

En tinta y linfa corrida en una estampa del jardín de los idilios; y en piedra fina exhibida me adelanto y te despierto con un guiño. Me das calor, saco el frio, vienes y el suelo te limpio, damos gritos y gemimos y gemidos y más gritos. Ven cuando quieras te lo pido, dame tu voz y tu aliento y déjame volver contigo…

- Y cierro los ojos y sueño y te dejo con las manos por mi pecho; y abandono mi cerebro en flor de libido.

Estampa erótica vivida.

- Una escultura de ébano modela frente al espejo, cabellos sueltos, pies lentos. Y cual estampa erótica de lo acaecido, su cuerpo es un premio en tributo al lirismo poseído del destino. Tiene labios caramelo y rostro divino delirio, un pecho ardiente y espeso; y un vientre en tinta de versos bien oníricos y místicos.

- Una mujer se revela frente a mis ojos frenéticos, se sabe bella y más que eso. Me lanza besos, aun de lejos. Me ondula el cuerpo con gestos, sabe bien que yo la veo; y eso gusta y lo advierto. Sabe bien que la sumerjo en el pecado indiscreto; y que de frente la tengo, aprisionada entre mis dedos bohemios…

−¡A puro cerebro y verbo; y a ritmo en tempo poético!

 Canta un blues, baila un bolero, se quita el lazo y el velo, se desnuda sonriendo y me lanza su frescor y aliento ebrio. Sabe bien que yo la veo y que la quiero hacer versos. Ella se quiere en mis dedos y me lo demuestra oliéndolos. Me pide que venga a su cuerpo; y abre sus ojos azul fiero, algo magnéticos.

- Y suelta piernas al viento, cual mariposa de alas presas suspirando en el Jardín de los Idilios; floreciéndolo…

Cual espectáculo en verbo que en descripción nunca oyeron, ella vive un sueño nuevo, realizándose y leyéndolo. Y como musa de cuentos sube al sillón donde escribo, donde me siento el bohemio que en poemas represento; donde le doy vida al juego pronosticando los hechos que leen luego…

- Ella se sienta a vivir su cuento; y yo se lo leo entero, mientras la mezo y la mezo, basándola por el cuello.

- Y como toma consejos cuando le digo te quiero, cuando le pido amor ciego se pones espejuelos negros, frente al espejo hace un guiño y me dice soy quien vemos. Y quien tú ves es un signo que te envió el Dios Cariño, Señor de los Besos Buenos, de aquellos versos idílicos escritos a tu destino; en tinto espíritu lirico.

¡Ese mismo que has vivido! Y que por esta vez, diremos, te ha servido a tus caprichos y a tus ritos sin complejos. Él me envió a tu camino para que cumplas con hechos lo descrito. Y te está viendo ahora mismo, te aconsejo de ser bueno como has dicho; demuéstramelo al dedillo, mi moreno convencido.

- ¡Quedó dicho; estoy listo, tu cuaderno será ejemplo!

Tierna caricia en el pecho la que me han hecho sus manos, me ha tocado sin complejos, se ha quedado donde hay fuegos; y se ha quemado en mis besos, ardiendo en ellos. Tocando el cielo con sus vellos, penetrada hasta el cerebro en cuerpo a cuerpo. Y ha orgasmizado el gel célico, del momento placentero.

 Sensual pudor indiscreto el que revelan leyéndome, toco sus senos que erizo, les palpo el peso; y saltan bellos sus botones de Milsueños. Y acariciada su espalda nada puede retenerla; y nada en aguas su velero carabela. La veo al horizonte, pétalos abiertos al cantero; cual devoción, como espectro de homicidio.

 Susurrándole a su oído versos nuevos, a cráneo puesto, sola conmigo en el cuento que leyeron. Cual Gran Genio con su lámpara, que sedimenta el universo desnudo frente al espejo, con su cuerpo de modelo humeante al fuego y permitiéndomelo. Ya la vieron, al leerlos, ella pidió quedarse en mis recuerdos describiéndomelos.

- Y luego dijo te quiero; y siguió su beso eterno… Estos versos no son un sueño quimérico que invento; justo porque voy cumpliéndolo mientras la vivo, despiertos.

¡Fumando!

- Fumando, ando vagando y contemplándome en retratos…

La vida mía me hace caso recordando; y veo despierta cada paso que ya he dado, al sol la espalda y la cintura envuelta en triángulos. Fumando, vago en historias que al futuro le preparo. Planto las rosas de mi jardín de rosado; y en claroscuro doy brochazos sobre el cuadro. Y hasta en el baño pienso a los seres que me han amado; y a los tantos que me han flechado este dulce corazón romántico.

- Mi voz, mis llantos, mis años y los palos que me han dado mis contrarios; sin buscarlo, por llamarlos… - Yo fumando me abstraigo hasta olvidarlos… Los traigo a labios a amarme a todos por separado, también yo amándolos me recuerdo dando saltos; todo mezclándolo…

Encerándome los flancos y costados acostados, por todos lados tocándonos y acariciándonos las manos. Con nuestros cuellos erizados y en sudores coitando bocarriba y bocabajo. Bajando los brazos y subiéndolos en lazos, sueltos y atados. Contra un muro, frente un árbol y sobre el mundo parados. Y con nuestros ojos cerrados ya gozando el arrebato; el gusto dándonos…

- Como locos abrazándonos pegados; y yo nadando en orgasmos mágicos, cerebral como me amo meditando… ¡Y Fumando!

Soy la que estimo y la que sueño desbordando, la que en delirios se desnuda sin pensarlo. La Ninfa viva y la poción que envenenaron. La consciencia, la razón, la piel, los labios; la toda mía que a los hombres deja orando. La otra partida la tendrán si un día yo extraño. La vena erguida la ensalivo y la relajo; pues cuando de mi monte vuelta Venus, veo diablos y pecamos.

- Fumando…

Agradecida de sentirme sin quebrantos, de pecho Diva a la garganta de teclado, pues cuando gimo más que gritos se oyen cantos. En Sol mayor, en Re menor y en Mi forzado. Si huelo a aceites de nardos con chocolate nostálgico, me desparramo empolvándolos por sobre humos de espectros ya volados. Y hasta la melodía del silencio y el bolero en las tinieblas me han cantado.

- Copulando, sin medias tintas y en versos extasiados; con mi alma de poesía, pues hasta a las letras las encanto.

- Fumando…

Acalorada entre cenizas recordando en cuantas boconadas me he dado; ensimismándolos…

– ¡Mientras fumo un cigarrillo mágico!

La obra maestra es ella.

En una noche de esas en que me adentro a sabiendas por laberintos de letras; y luego nadie me encuentra porque me pierdo con ella. En una fiesta tranquila inspirado por la musa bella que me acompaña sedienta de quedarse en mi leyenda perdida en versos quimeras; desvestidas sus arterias de hembra autentica y ecléctica aventurera.

- ¡Y esta es mi hora predilecta, la de mis prosas poéticas! Porque la pinto al dedillo tejida en tinta que rima y grita, porque la cuento en un libro para escuelas de poemas, porque la convierto en vivencias donde la protagonista es ella. En una noche completa, la estrella fílmica, la luna llena en semillas. La copa, ebria y con el vientre hirviente, pues derrite en sus calores por sus adentros y bordes.

– ¡Solo yo, solo ella; y en su presencia mi Duende alegre! - ¡Y la estampa que me muestra en viva obra maestra! Pintada en rojo que quema se hace ondular finas líneas sobre su cuerpo de cebra. Y entre amarillos y fresas vemos azules y perlas que refrescan sus caderas. Se orna como las Princesas, velo de tul, medias de seda y pétalos de rosa nueva. Vuelve al espejo y se peina con paciencia, se monta un moño a dos piezas caballeras. Le hago una reverencia cuando mis ojos la aprecian, le digo disponga Alteza y su vestido descuelga bajando sobre sus piernas; y sus pinturas se adueñan de esta escena de poema. Reluce el rojo en sus venas, se enciende el cielo de estrellas, el amarillo gobierna y el azul se enseñorea; y verde esperanza ella me besa. Y el cuadro es una leyenda contada en versos que tientan, sus manos tiernas me apresan, sus labios su miel me inyectan y su pecho me marea. Enciendo una vela nueva, blanca la noche respira, llueve resina de hembra cuando su piel dulce aceita. Las gotas mojan la mesa; y al espejo veo su Ninfa embravecida.

- La obra maestra es ella, la viva escultura artística, la fotogénica estrella que da conciertos de Musa, la bailarina moderna que se desnuda en escena, la modelo y la Doncella palaciega; mi Reina, mi luz, mi esencia. La obra maestra es ella, pinceladas de poemas, versos, rimas; la Diva ardiente indiscreta. Las melodías que entrega llevan de encantada lira, de arpa y de flauta divina, de guitarra y de sonrisas, llevan y traen las cenizas del madero que en la chimenea se quema. De olas de aguas marinas, de brizas y cumbres místicas. La obra maestra es ella y mis manos el artista que la plasma en un poema.

- ¡La obra maestras es ella y estas letras la reflejan con nobleza; pues son sus memorias autenticas…!

 Son el recuerdo que queda de aquella noche y de esta, son viva voz que atraviesa, que canta se desenfunda y quema; ama y se da con presencia y me hace soñar con mi estrella. Y estas letras me la traen y se la llevan por donde el cuento comienza, por donde el tiempo la piensa y encomienda su existencia.

- ¡La Obra Maestra es ella; y esta verdad su leyenda!

Piropo hirviente.

- ¡Ay que caliente tú me pones, si te veo!

- Mi verbo ardiente explota adentro en mi cerebro, mi jerga hirviente se dispara hacia tu cuerpo. Te lo disfruto, te lo quemo y te lo horno con mis versos.

Digo belleza y te describo lo que pienso, tú en salidero y yo disuelto por tus huesos, el leño ardiendo y tu de llama en azul velo; voces, silencio. Y en rojo trueno, tu rostro eléctrico en cenizas hecho al mar para el recuerdo.

- Y cuando me vuelvo, te veo y enmudezco: Surcando el cielo mordiéndolo con tus labios caramelo. Extasiados por misterios y en el séptimo frenéticos, divisando el infinito lleno de estrellas durmiendo…

- Y de astros, que despiertos entendieron nuestros gritos de amor célico y abierto.

- Te adoro como un indio adora el cetro de sus ancestros, avivado al fuego eterno de sus ritos. Ay que caliente tú me pones si te veo, me vuelvo infierno; y diablo ecléctico.

Y entre rayos y destellos unos versos que te exalten te dedico; te tiento a verbo colorido. Y te endiablo con mi jerga en cuerpo a cuerpo; y en momentos de deseos te pretendo. Y te cuento el qué dirán si ven el fuego; que en cenizas quedaremos, no hay remedio…

– Cual raros y gratos recuerdos de momentos…

- Tu voz me quema desde adentro el pensamiento; y nos decimos te quiero en el silencio. Y se ilumina el universo; y de verde pintas mis esperanzados huesos.

– Y te veo y despierto…; - ¡pues quemo en sueños!

Recibiendo el alba a la ventana

Colgada de un tapiz de nubes siempre me la encuentro al alba, las piernas abiertas anchas y las caderas borrachas, a plenitud de su alma y empinada como estatua. Sus cabellos a caballo locos andan, su falda la olvidó tirada en una esquina da la casa; y las cortinas que corrimos al mirarlas, abiertas aún están como las ventanas; porque mi magia no es tanta, cuando ella me reclama.

Y me pierdo en el intento de alocarla, de quererla, de mimarla y de llevármela a la cama envuelta en sabanas; y me encuentro cuando miro y la veo al alba, todavía entre mis besos realizada, inundadas las entrañas con sus ganas siempre ávidas. Y la atiendo si se para y se relaja, si me baila y me destila en su garganta. Si se se exhibe en la ventana envuelta en velo y excitada la manzana.

Me someto y dejo hacerlo y pago el precio, que lo haga, yo amo verla y no le niego que me éxita. Y luego llego y la sorprendo y la voy cubriendo, con un velo largo indiscreto, vello a vello. La acaricio y empujándola la apreso, por el cuello con un beso prisionero. La ilumino, la prevengo y la líbero, la encandilo como vela entre mis dedos; y nos vamos y venimos hasta el séptimo, a fuego lento.

- Suma pasión con sentimientos, a puros cerebros hirviendo.

Y a la vuelta de lo alto me la encuentro, aun desnuda a pies descalzos por el suelo, con el velo y sin pañuelo ni amuleto, con el dedo y ondulándome un bolero. Tiro líneas de su cuerpo de modelo, la despierto en boca a boca y ojos tiernos. Me da la mano y la meso entre mis alas, se yergue esbelta la espalda y erizada en flor de nata; las piernas largas y la cuenca desbordada.

- Colgada sobre un tapiz de nubes, recibiendo el alba a la ventana.

El día del Sol.

Celeste se le enciende el alma al más bravo de los astros, se ilumina el sol callado y lo muestra con regaños alumbrándonos. Y las llamas del calvario lo queman todo a su paso; y un día entero a su rango le dedican los humanos, las huestes gangrenarías y los tiranos más dogmáticos. Se ve fluido y dorado y de amarillo pintado deja trazos, se atrasa el reloj de mano y el de arena cae a cantaros; explotando sin descanso lo olvidado. Y por la orilla una ostra, se abre a los cielos gritando, si quedan dos, el milagro, traerá sus cambios climáticos.

Y se seca lo mojado; y a lo verde se le ve grisáceo. Y la vida arde en pedazos y hasta a las sombras de palo se ven ardiendo en los llanos. Se va el amor al pasado y se vierte sobre el presente sin dudarlo. Se escucha un verso sangrado y un corazón que dormitaba no se imaginó el escándalo; y sin ver los daños pidió aplausos. Pues lo ha osado y creó un sueño embelesándonos. Y en nervios se dio a los cantos de unas sirenas remando, con sus cactus rio abajo.

- Y vuelve la brisa a refrescar el escenario; los poetas y los bardos. Que riegan agua sobre los campos, después de siglos goteando sobre tejados sin gatos. Y entre aguaceros y rayos vuelve mayo del cadalso meditando. Trae a cuestas la canción del ruiseñor que se desploma cuando agota; y da a la muerte otra vuelta por su historia redentora. Y de una especie en otra especie vuelven las mismas de ahora, se consuelan y se agreden invasoras, ponen minas y a la gloria dejan sorda; y la noche lega su hoja inspiradora.

Pregonan alto las bocas y se escucha un coro a solas en las penumbras de una alcoba amplia y devota. Nada tendrá solución si el sol nos toca, pues en fuegos la verdad traerá discordias; y unos trapos y más palmos traerán broncas. El dolor da a la ilusión ardor y estola, la conciencia da razón y armas ya sobran. Y en días de Sol la luz se inmola victoriosa sobre olas, tronando honda, sal de amapolas prehistóricas.

- Tirará sus normas sobre conchas ¡Y sobre girasoles; bombas! Alas de alondra canosa, genialidad y retoricas, prosas y bolas; la rosa llegó hasta roma e inventó la guerra atómica apostólica. Y envió a Dios por la ventana a las mazmorras; y quedó sola. Y a este mundo lanzó aromas ¡Y sobre girasoles; bombas! Gimiendo oronda reflejada en las memorias que aún la oran. Poniendo huevos de ostras que enamoran con sus colas…

– *¡Y sobre girasoles; bombas!* - La voz puede presumir de horas morbosas, pero el trauma de la luz la descontrola; y diseca al corazón que el cuerpo porta. Bajo el sol queda el rencor y el don no honora, si no honra; pues solo amor del corazón salva a los tórax del palpitar con dicción.

Susurran brizas melódicas: – Alquilar la inteligencia no da voz, pues la propia es la que inspira con razón; la luz que brota del sol.
– Y sobre girasoles, bombas; *¡toda vida se rehace si aprendió!*

Y aún destello.

- Se me ha ido el tiempo muriendo, sangrando a los cuatro vientos, penando sin más deseos, anhelando un buen consejo y aquejando de silencio, sumergiendo dentro de los huecos negros de mis sesos desechos por los sueños. Secos los labios, tinto el cabello, sin aliento el esqueleto, el torso convexo y la mirada hacia el cielo. Y el pecho reclamándome su precio, pues no lo cedo, ni aunque me paguen con besos de los mejores más buenos; de esos que se dan con cerebro.

Y dejan al tintero hirviendo el día entero…

- Mis dedos tiesos me están doliendo en estos versos, mis huesos presos y mi carne en fuego ardiendo sabe a queso; y acostarme sobre el vientre ya no puedo. Pues partida la espalda tengo y mi medula enderezo, cada vez que muevo al centro mi pellejo. Y ni en los costados ya me queda cebo; pues acostados del lado serio, el dolor no aguanta el peso que tenemos. Se me ha ido el tiempo y lo siento, pues lo he pasado sufriendo y enterrando pensamientos.

- ¡Afincando entre las dudas mí destierro…!

- Se me ha ido el tiempo corriendo, los cariños, los amores, los nos vemos para hacerlo antes de enero. Los te cuento cuando amar tildaba aciertos con preceptos, los desiertos que ha vagado el sol sediento procurándose aguaceros; y los paseos por los portales de mí pueblo, bajo aleros. Los cangrejos, las cigarras, los insectos y los cantos feos. Los pescados, los pecados y los clérigos ateos; las bondades, los defectos y los engaños más pérfidos del ruedo.

– Los ruegos y los sentimientos tiernos, ya se fueron, a otro lecho.

- Sepo a tumbas de cemento y a veneno de viejos mausoleos, a purpura languideciendo en un soneto medio impreso, al boceto de la luz del cementerio en fatuo y neutro. A la voz que dio al rumor sinfín de ecos; a pincel, a diapasón y a sal de vellos. Se me ha ido el tiempo entendiendo; y me reitero envejeciendo en vino añejo. Capturando los secretos del misterio y deambulando por senderos, pereciendo cabizbajo y boquiabierto; en secreto.

- Y atardeciendo entre los cerros cual madero…

- Cual capullo de Milsueños, brotando sobre un leño ecléctico.

– Afincando entre las dudas mí destierro y viviendo en hechos mí tiempo, se me ha ido el tiempo acá lejos…

- ¡Y aún destello!

En silencio.

- Me enmudeces, me enmudeces cuando hablas y me miras; y callado frente a ti vuelo en sonrisas. Sueño en un instante que eres mía, extasiado en tu mirada que hipnotiza. Y te abrazo; y te tomo de la mano reina mía. Y te la beso; y callado te seduzco sin malicia, en silencio, día a día…

En silencio, en silencio yo te beso si me miras.

- Me enmudeces, me enmudeces tú lo sabes y te admiras, cuando estás cerca de mi te felicitas. Te aseguras de no ser la que yo diga, te diviertes y te olvidas de aquel día, de aquel sueño que te dije que tendrías. Del beso que al robarte te daría, el que nunca quise darte pues no hay prisa.

- Me enmudecen, me intimidan tu mirada y tu sonrisa…

Y entre versos me estremezco de alegría, no contesto y solo observo si me miras. Tu silueta es un modelo de delicias. Y tu cuerpo verde fuego una caricia; que entrañas quema en mi vida. Y me vierto, en cenizas. Y humedezco, disfrutando tu belleza tan divina; me fascinas, bella ninfa.

¡Y enmudezco; y en silencio, amor suelto sin medida!

Porque tú eres la que pido cuando duermo, la que sueño con el alma ya rendida, la que inspira en mi el lirismo de estos versos, la que cuento aunque en verdad no seas mía; la que pienso, la que quiero.

- Tú eres todo a lo que aspiro y pido en vida; tú y tus labios, rosa tiernos, menta y ebrios. - Tú y tus ojos, verde intensos, que me miran y enmudezco; y en silencio te doy vida y rimo versos, cuando ondulas… ¡Tú bello cuerpo perfecto; y tus caderas felinas…!

- Me enmudecen, me intimidan tu mirada y tu sonrisa; me lo siento, aquí adentro, que me inca como espina. Y te cuento aunque en verdad no sea mía, pues no miento mi ilusión revive en tinta. Y mi ave fénix al mirarte se ilumina; y aquí adentro, bien adentro de mi pecho hay sol de día.

- Me enmudeces, me enmudeces y al partir me robo el sueños, pues los besos por respeto te los dejo. Tu sonrisa me la llevo entre pretextos, tu mirada no la pierdo aunque te dejo; y me enciendo, en tus fuegos. Cuerpo a cuerpo, tan cercano de tu aliento como puedo; más que en versos.

Como puedo, porque cuando tú me miras te deseo; y en silencio a un beso tierno al fin te llevo; y te tengo. Y te envuelvo; y te abrazo; y te beso. ¡Y enmudeces; y enmudezco! Y en silencio hasta el adiós te dejo besos, como sueño cuando te pienso despierto; y te anhelo. - Y enmudezco; y me alejo…

- Y te llevo en mí pensar como en mis versos, en misterios, desbordando amor eterno por mis nervios; ¡en silencio!

Sin descanso, sin silla.

Savia plantada en semillas en un jardín lleno de espinas, color, luz y soledad divina. Claroscuro y pesadillas tras las líneas, arena sílice y brizas presentidas. Un pie al talón se acaricia, la suela en pasos se desliza, la otra pierna da de prisa un metro más a su vida; y las dos juntas caminan y caminan, sin encontrarse una silla. Ya le duelen las rodillas y con sus tobillos brinca cada vez que huele a tinta.

-Y con las plantas ya heridas por puntillas, se desliza en un frio día de lloviznas y desdichas.

Siente fatiga y no gritan, para no gastar tinta al describirla. Su espalda yergue adolorida, su cerebro ya no rima y las retoricas que afirma saben a lagrimas vivas. Se para, mira hacia arriba, el techo negro le avisa un aguacero de flemas. Atrás de un ojo divisa sus carencias y problemas, el otro ojo palpita, cual corazón de madera; y con los brazos ya abiertos, la boca se lanza en sonrisas a la vida presentida…

- Y avanza hacia una fase nueva descubriéndola:

- *La de la luna llena de estrellas descrita en todas sus letras sobre una página negra. La de la madrugada viajera bajo un balcón de poemas y de serenatas bohemias. La de besos, la de amores; la de cera…*

Donde los dolores, los sermones y las comedias, a ciegas se enfrentan contra la jerga. Y se disipan cual jornal que mata penas y dilemas, cuando ve cercana la meta y se acerca a la experiencia.

- *Después de una noche en vela navegando sin fronteras, iluminando al horizonte con sus letras desde el borde de una mesa inquieta; la almohada abrita leyendas que los poetas no cuentan.*

Y pueden brillar por su ausencia las riquezas y quimeras, pues almas de memorias viejas, la felicidad les recuerdan; y eternizan su presencia en cada letra.

Y como en páginas de poemarios, los sueños rondan sus cabezas.

- *Después de una jornada tensa, con el cuentamillas acuesta y la paciencia a la espera; cual semántica abstracta, la razón del ser mejor gana batallas. Y se aventura en andanzas que no la enjaulen, dejando atrás toda trampa donde su mirada caiga. Y sale al sol; y con rocío inunda de esperanzas la mañana…*

- Y si desde su sala vacía ve el espectro de una silla en la distancia; a cuatro patas se levanta y bebe agua. Aclama el tema que recitan aun paradas sus entrañas; y su alma, que anda a pies…

Por la ventana se le escapa y parte rauda a buscarla; - ¡pues quien vaga no descansa, ni espera a que por él lo hagan!

Oírte cantar.

- Quiero llegar contigo hasta el altar, llevarte hasta donde más nadie vaya, en un sueño infinito darte alas; y hasta el mañana, volar, volar...

- Quiero vivir contigo hasta el final, dejar la soledad siempre encerrada, subir juntos las más altas montañas; y en una playa, nadar, nadar. Quiero volver contigo a mi ciudad, mostrarte la belleza de sus calles, tomar jugo de caña por los valles; y en manantiales, brotar, brotar...

- Y quiero que si tú aceptas que sea ya, pues voy a comenzar sin que me pares, para esta tarde, poderte amar; y si nos place, gozar, gozar. Todavía quedan restos de humedad, la pasión se diluyó y no ha sido en balde, la ilusión nos inundó nuestros pensares; y los pesares, no duelen más.

- Quiero abrazarte, acariciarte; y a cada instante, oírte cantar:

– Quiero brotar, vivir, gozar, nadar. Quiero sentir amor del de verdad; que la pasividad se vaya. Quiero caminar juntos por la playa; y de esperanzas, darte un collar...

- Y con cigarras; silbar, silbar... - Y cantar...; cantar, cantar.

"¡Quiero llegar contigo hasta el altar, llevarte hasta donde más nadie vaya, en un sueño infinito darte alas; y hasta el mañana, volar, volar...!" - Volar, Volar.

Óleo de un día cualquiera.

Me he levantado entre cenizas humeadas por la guardarraya, me he puesto en la nariz una pinza para no oler la metralla, me he tomado un café fuerte, jugo de naranjas y agua. Y he encendido un cigarro verde antes de salir a luchar la esperanza, pensando siempre a un mañana sin lágrimas…

– ¡Cómo cada día que pasa desde que me fui de mi patria!

- **Cómo** en cada madrugada mágica y en cada **óleo** del alba, cómo en cada mediodía a distancia, en que los sueños no acaban…

Miré a mis cuentas vacías, a mis collares y a mi lámpara, a mi piel que aún se ve lisa y mis arrugas del alma. A mis dedos largos rectos que en pentagramas les cantan las melodías de mi versos. Me di un pensar por aquellos y otro por los que a casi siempre pienso; y me dije, que sí es por ellos, lo que me han dado se lo devuelvo… y me dispuse a pintar un lienzo con las cosas que veremos. Lo dibujé de anagramas bordando huestes del suelo, y de unas que otras metáforas traídas hasta por los pelos a ser testigos del ejemplo. Porque con mi pincel no hay arreglos, lo que no he visto lo invento y luego me quito el sombrero y queda descrito un soneto; rítmico y además sincero.

– Estoy pintando un día de esos en los que al final ni me baño, porque me vuelo en el largo que va al infinito enésimo.
Que vuelve hasta el piso y salta hasta séptimo, a puro dedo y
cerebro y sin mirar siquiera al cielo. En que me vuelvo bohemio, loco, necio y buen soldado; y en los que he dicho que
extraño y que sigo aquí alejado…

– Estoy pintando un día de esos en que tranquilo a mi lado,
me olvido del hombre que encarno y doy al poeta su rango.
Al manantial su sendero y al plato fuerte su aderezo. En que
les hablo de humano, a humanos que siguen pensando; y en
que me visto de diablo y pongo al mundo a dar palmos hasta
que se me alargue el rabo… - Y a cantar un yo te amo;
besándose bajo pétalos blancos cual dios de los enamorados.

A bailar conmigo un mambo vestidos de carabelas, el pecho
abierto a los truenos y los vestidos mal puestos. Les hablo de
algún día de esos en que les saco las camisas de los trajes más
pagados; y en que me envicio con tinta y les lleno el par-
co de magos y el escenario de artistas. Y ven a un sol sin perfidias con una luna a su lado; y a las estampas oníricas, de los
sombreros <u>saltando</u>. Y al milagro realizado lo pellizco y lo
regalo para que puedan gozarlo; y luego les termino el cuadro con los colores de mis años, que en Milsueños he plantado…

– ¡Porque los Milcuentos legados, son para mí un placer diario!

- Pero del lado opuesto del limbo los sentidos vuelan mágicos; y por allá paso mis ratos vagando sin ser buscado. Buscando un cuento bonito para regalarlo a niños, filosofando en delirios como si fuera con libros. Por allá donde les digo los vientos son fríos en invierno y por eso descubrimos tanto, pero el calor del verano opaca al lluvioso otoño de los campos; y la primavera trae ramos de rosas finas que antaño nos robábamos pagando.

- Y los cantos susurrados traen milagros; y las sirenas silbando sobre las olas de un lago atraen los barcos. Las velas al sol quemando y la llama al estrellato imaginario. Y el amor vive a sus aires inspirado, como en versos que del alma brotan raudos.

(Extraído de "**Vuela Divino**")

Este libro vio igualmente la luz gracias a las sinceras y amistosas colaboraciones de:

Prologo: Chema Muños. *Poeta & Cantautor canario.*

Web del Poeta y Cantautor:
http://www.chemamunoz.zz.mu/

Caratula: Eva Moreno. *Fotógrafa española.*

Web de la Fotógrafa: http://www.evamoreno.book.fr/

Foto interior: Ariel Arias. *Fotógrafo cubano.*

Web del fotógrafo: http://www.ariaphotographe.com/

Web del autor: http://tonycanterosuarez.com/

T&P – Personal
EL PRÓLOGO DE UN TINTERO DE ÓLEO & OTROS TÍTULOS
DE LA COLECCIÓN.

Folleto literario publicitario.

Issuu: http://issuu.com/tonycanterosuarez/docs/t_p___personal_-_el_pr__logo_de_u_7f9d9d919cde40